一棵瓜秧

侯建磊 著

团结出版社

图书在版编目（CIP）数据

一棵瓜秧/侯建磊著. --北京：团结出版社，2017.12

ISBN 978-7-5126-5887-5

Ⅰ．①一… Ⅱ．①侯… Ⅲ．①散文集－中国－当代
Ⅳ．①I267

中国版本图书馆CIP数据核字（2017）第312135号

出　　版	团结出版社	
	（北京市东城区东皇城根南街84号　邮编：100006）	
电　　话	（010）65228880　65244790	
网　　址	http://www.tjpress.com	
E－mail	65244790@163.com	
经　　销	全国新华书店	
印　　刷	成都新千年印制有限公司	
装帧设计	成都天恒仁文化传播有限责任公司	
开　　本	160mm×230mm　　1/16	
印　　张	16	
字　　数	170千字	
版　　次	2017年12月第1版	
印　　次	2020年6月第2次印刷	
书　　号	978-7-5126-5887-5	
定　　价	56.00元	

我是一棵文学上的稆瓜秧

那是 2015 年 8 月 24 日的午后，郑州。为了生计，我拎着包，从北环的涵洞下穿过，沿着花园路西侧，向北步行。酷暑如蒸，热得邪乎。努力抬起眼皮。篮球场宽的花园路，像跑步机的传送带。车潮涌动，浊气四溅。远处的地面，如生漂摇的水草。由于没午睡，我昏昏沉沉，双脚疲软欲倒。

树坑。走过。一棵瓜秧。绿得可爱。

都走过了，鬼使神差，又驻足，回头。

是棵西瓜。苍翠可人。

心有所动。不知为何。掏出手机，录了几句感想。接着昏沉，走。

几乎，就忘了。晚上，翻手机，才想起。对着电脑，敲下来，就有了这篇《一棵瓜秧》：

在花园路边，无意间看到一棵西瓜，稆的。

它长在硬化的马路边尚未栽树的一米见方的土坑里，柁出的三四枝秧蔓，几乎要布满坑壁。叶子较小，不如瓜田里的宽大，但在这不施肥不浇水的白土里，已算长得旺盛了。

"咋长在这儿呢，又不能结瓜！"我想。

或许，是民工或路人，在这儿吃瓜，吐了瓜子，长出来的吧。这种可能性最大。施工方填土时携带来了瓜子，或小孩儿拉屎播的种，也有可能。反正，它长在这人车不息的大马路边，既荒谬，又真实；既危险，又安全。谁也不当它是一棵瓜，只是胡乱长的小植物罢了，与一棵草、一株野花，没有区别。谁也不指望它能结瓜。从时令上说，也不可能。

然而，它长在了这里。它可不管自己能长成啥样。只是长。按瓜去长。直到今天被我撞见。撞见，也只是撞见。

就让它长吧。随便长成啥样。直到不能再长下去为止。

发到博客上，几乎，就忘了。

过了一段时间，偶尔重读，觉得尚可。心有所动，仍不知为何。

隔了两年，整理旧稿，往自己的公众号上发，又重读此文。窃喜，竟一个字都不用改。

到了动念统计篇目，将近三年零星写成、杂七杂八的字儿汇叠一下，发现字数又够印一本了，给书取名字时，不知怎么，再次想起这篇小文，这棵瓜秧。这回，内心的悸动明白无误：咱就是一棵稻瓜秧嘛！

从看到它，写出它，到之后的重读它，之所以觉得它还有点儿价值，原来，它就是我文学状态的写照呀！

生也偶然，长也偶然，被人看到也偶然。咱没生在大瓜园，没啥好照料，更无大棚、底肥、农药，但生命只有一次，咱总得活，总得长。哪怕，只被当成路边的一棵野植物；哪怕，注定结不出瓜。

于是，坦然面对现实，让自己的40岁，长成了这么一本"瓜秧"。

2017年3月23日晨

目录
CONTENTS

一辑·浮生

二辑·读写

三辑·生意

一辑 · 浮生

名为「生」，核心为「浮」。依然是「旧＋新」，所写不多。面对扑面而来的绝望，我们只有守住自己的内心，世界才保有一种绝处逢生的蓬勃与苍翠。

瞬间的雨

下午放学，空气又腥又热，郁郁闷闷，终于下起了雨。

雨点粗大有力，抽打着干燥已久的浮土，"嘭嘭"地敲响面前的走廊玻璃，溅入室内，把书本打湿。

我和丽倚在教室外走廊的窗前，漠然不知所想。

我们保持沉默，目睹楼下的绿色植物被雨水痛痛地浇淋。偶尔，她会呆望窗外混沌不清的天空。我们纯真的心，彼此疏远着，融入这雨里……

我们之所以有了这么一个时刻，全因为这雨。雨停了，我们就要散去。我庆幸这雨，庆幸这难得的一刻。

只有当回首时才会发现，人生并不总有意外的距离。

偶得的静默，也不会全留在记忆里。

我们能留住的，只不过是许许多多瞬间的疏远而已。

1993 年 5 月 11 日

雨中的车祸

即将走时，下着蒙蒙细雨。

我听到一个不寒而栗的消息：××街北口轧死了一个人！待走到，果然。

一辆大公交车停在那儿。车上空无一人。一辆自行车摔摆在车子底下。在湿湿的地上，清晰可见地躺着一具可怜的小尸体，姿势古怪，身上裹着绿帆布雨衣，头帽紧紧地兜着小小的头颅。那头颅，正好轧在前车轮下，车轮，也正好停在其头上。不知性别，估计是个男孩儿。地上有一小摊浓稠发暗的血。可以看出是一个学生，因为还有书包呢。有许多人俯着视角看，似乎恐惧得很，却装出不以为然的样子说："头都轧扁了！"几个老太太和妇女眼睛里含着泪喃喃自语："咦——这是谁家的孩（开封话音hiáo）？这是谁家的孩？"几个警察忙着维护现场。路过的人都跷足向这边看。有的，不敢近前，怕晚上睡不着觉；有的，大胆地打听是怎么回事儿。胆小的脸色苍白，吓得两眼泪花，努力不扭头，飞样地逃跑了。可能就因为此，虽人越来越多，却始终不曾堵塞。不知为什么，还没人来收尸。可能，家长还没接到通知吧。

雨凄凄地下着，没减小，也没增大。短时内打不湿头发，也淋不透衣服。人人都感到冷，不住地发抖。

这个孩子死了。就这么死了。突然离去。雨怎么淋，他再也感受不到了。

人要死亡，在任何一个时刻，任何一个地点，都会发生。

没有人能预料自己将在哪一个时刻死。当死亡来临时，也不会有什么先兆，使你得以从容地做完最后一件事——尽管这对于拥有生命的人来说，显得那么平常、简单，甚至不想去做——对于一个即将死去的人，却显得那么重要！

很难想象，半秒前还是充满活力，会哭会笑有感情的人，转眼间就再也起不来，再也不思考了。所有的友情，所有的爱，都成了唯一留下来的记忆。人们再也见不到这个人了，悲痛地谈论起许多他生前从未引起注意的细节，才忽然发现：他已不存在了。

1993 年 6 月 3 日

明天上班

从学校出来，在家已等了8个多月。前天，爸告诉我："下星期一去乡里上班吧！"言情间洋溢着做父亲特有的讥讽与得意。

我心里一热，一点儿也不激动。几乎想哭，却装作惋惜和不悦的样子说："咋这早啊！"我知道，我的表现令他失望，但还是这么做。其实，我懂得，他比谁都酸楚。

这半年多来，我家有几件大事。一是爷爷得食道癌住院、手术、死亡；一是鞋厂筹备搬迁、开工、生产；再就是为我毕业跑工作。哪头事儿，离了钱都不行。这些钱，全得爸一个人出。他没日没夜地泡在厂里，虽然二弟跟着他，但从跑长途买料抓生产给工人发工资到销售送货上门，他全都得管，都得干。没有他，这个家会成什么样？简直无法可想！

我的工作单位，是乡政府。不教书。按我刚出校门时的理解，乡政府是不存在的，存在的只是那些实实在在、庸碌无为、总被群众骂作白拿俸禄的人。我无法接受自己也将成为他们中的一员的可能。这"可能"，按爸的通知，已成"事实"，明天就要兑现！这总使我逃避，又好奇。只是一个工作而已。我必须解决工作问题。现在，解决了。

这个消息，却使全家人振奋。可能他们也觉得，这个家不能再这么压抑下去，需要有一件事来改变了。过年那几天，族事、家事、人事混杂，家里的沉闷空气，一直令人窒息。爸之所以甘愿困在厂里，一部分——可以说最大的原因，还由于他无法忍受妈暴戾的脾气。他现在连家都不回，一条绿色的裤子穿了俩月，不见原来的颜色，才让二弟回来，把内衣裤、刮胡刀拿到厂里；大正月的，只煮丸子汤吃，人明显黑了、瘦了。有天晚上，姐去厂里，回来直哭了半夜。现在，每当我在家吃着火锅和妈炒的鸡蛋，想着父亲却不得享，心里就一阵悸痛：妈呀，咱家为啥就不能安生地过日子呢！——我上班的事，毕竟打破了家人间的冷漠与隔阂。

　　他们兴致颇高。吃晚饭时，都尽量说些有关的高兴的话题。姐说，我拿了工资，正好赶上她过生儿（生日）。三弟想让我给他买块手表。妈虽啥都没说，但端碗的手都在抑制兴奋。在他们眼里，上班就是挣钱，就是挑起生活的重担？

　　我也没忘记，内心怪怪地跑到村东头，将消息告诉了爷爷死后就一个人过的奶奶。她是那么感动，高兴得让我惊奇，忍不住又用她能理解的话向她强调道："分到乡里，就是当干部，当官儿！""多好……多好！"她喃喃地说着什么，语不成句，竟涌出浊泪，给我装了满满一兜她炒的花生米。

　　早已厌烦了几院儿人的追问，早已厌烦了一遍又一遍重复说"还冇（安排好）哩"的尴尬。仅一天时间，几院儿人都知道消息了！他们也都极欣慰、鼓励和幸福。在他们眼里，我去乡里上班，就是增添了全族的社会权势？

或许，他们的表现，我是理解的。

但我始终不明白，为什么我的心却沉甸甸的？

我不知道，该不该写信告诉远方的同学和朋友。在共等分配的夏时，她们每隔几天，就跑来找我。至秋冬，她们陆续上班后，却没一个人写信告诉我，我都是间接听说。是她们都有我现时的感受吗？还是她们觉得，上班也没啥意思？如今，她们都已融入属于她们的教书生活。那份纯真的友谊，只能因时空的变换，打一个结了。或许，我会告诉她们的吧。

还有你，丽呀，过得还好吗？是不是每天就在学校和家之间往返？累吗，苦吗？又有男朋友了吗？我知道，你是个好姑娘。你妈嫌咱两家儿离得远，嫌咱俩小，其实，还有更重要的：我家在农村，我的工作又不好。我若能让爸"跑"到区教委、市教育局，或许会好很多吧？但那得花多少钱？远超他的承受能力！只能接受现实。我没办法，也不抱怨。不管说来你信不信，我仍然爱你。然而，连我自己也不希望咱俩能成了。我祝福你，早日找个好人家，一生衣食无忧。我就要去乡政府上班了。可能还是有点儿"不修边幅"，可能还是个怀疑主义者，将来可能会成为一个小官僚。不管怎样，这是我的生活。我当然会娶别的女人，但学生时代原始、狂热的爱情，永远不会有了。那份纯情，不会有了。那个年龄，已经过去了。那个年龄，只属于你。

虽然我从没上过班，却像门外人懂门内人一样，懂得一些具体含义。已经在乡政府上班的表哥，无疑给我恶补了许多他认为应给我补的东西。他固然看不起我教书，也看不起我去乡政府。每天要浮于啥事

儿，还不知道，但新来的，最起码得主动扫地、提水、请教。该干的必须干，不该干的也要留心。别人可以点个名就走，你不能。别人可以动辄大发脾气，你不能。你只能老老实实地熬几个年头，慢慢地被他们同化了，才能与之平起平坐，欣赏另一个比你来得晚者的表演……

　　明天要上班，才一下子懂得：生，本就是面对现实的生；面对现实，自己往往就不再只是自己。

1995 年 3 月 12 日（时 19 岁）

爱人和朋友

朋友，当我终于这样在电话里称呼你时，我知道，你永远不属于我了。

事实上，我从来都没把你当纯粹的朋友看待。当我的生命终于向你靠近，那绝非一朝一夕的突来奇想，而是我蕴藏了 5 年的迟疑和爱情！

我并非没考虑这样做的后果。我是那么怕你拒绝。因为，那会毁灭我们毕生的相知和友情。可是，我必须得说。必须把内心的煎熬告诉你。必须用一生作赌注，去撞击你的心灵。我一直深深地爱着你。我是怎样欣赏地期待着你啊！

然而，遭到了你的拒绝。果然遭到了你拒绝。我只能怀着卑微，从你的世界消失。我只能回到我的世界，放你只在你的世界。我从不敢想，你的世界没了我，会发生什么变化。发生终生性质变化的，或许只有我的世界。

你应该有属于你的爱情。我不知道，你内心到底爱的是谁。或许，我真的不该爱上你。我是如此珍视我们的一切。我早已想到，若遭到拒绝，就会像如今这样，失去与你相处的幸福。每次从万家灯火的城市归

来，我的心就为远离你而痛苦；每当夜守孤灯或在黎明时醒来，泪水就不可抑止地夺眶而出。

如果爱得不深，我不会感到如此屈辱。如果恨得不深，我不会如此孤独。当我终于能心平气和地称呼你朋友时，一切都已变得如此悲哀和模糊！

啊，我失去的朋友，我永远的爱人……

1996 年 4 月 5 日

家族的树

内心忽然紧了起来!

三爷的话，在隔了几个小时的深夜，一下子清晰，让我生出一股想哭的冲动。

"过了年，恁奶奶就 90 了！"三爷对我说。

父亲有点儿质疑，问三爷："89 了吧？"

"那呀？……"三爷又不确定了，"反正，她属虎的……"

天已麻苍苍发黑。我们坐在开封老家的院子里，这样轻松地聊着。奶奶也在一旁坐着，但她耳背，既听不见，也丝毫不关心三米之内的我们在说啥。本来，闲坐的只有我和父亲，几分钟前，三爷从大门口进来了，腿步不直，缓缓慢慢。他是因为我让母亲送去了一些归途中买的草莓，知道我从郑州回来了，过来说说话的。

关于奶奶的岁数，我们一直都知道，极接近 90 岁，但过了年（指再过几天就到来的乙未年），她到底是 89 岁，还是 90 岁，却说不准。三爷确凿地指出她属虎，而我属兔，虎兔相连，我于是得以迅速推算：我今年将 40 岁，奶奶比我大四轮是 88 岁，加上属相差的一岁，就是 89

岁。只能是这样。

"还不是 90 岁。"我将推算结果告诉了三爷和父亲。

父亲没说什么。

三爷笑笑，说："虚岁就 90 了。"接着，三爷用一只手的拇指和食指叉成八字形，对我说："恁老奶，活了 84；恁大老爷爷，也活了 84。恁奶奶这，"他目视了一下旁边的我奶奶，"是打我记事儿知道的，咱家活得最大的！"

"哦，创纪录了！"我笑应。

"哎！"三爷笑道，"关键是她能吃。活 90 冇问题！——恁三奶，现在一顿只吃一棱儿馍的一半儿，喝几小口汤，比不上恁奶。"

"一棱儿"，就是一个馍的 1/4，再减半，就是 1/8。如此看来，三奶的身体真是不行了。而我奶奶，每顿饭都顶一个年轻人的食量，硬朗朗的。前几天，针对三奶近期总是吃不进饭，三爷特意送她去市里的医院做了一次检查。三爷这样戏谑地向我描述检查结果："冇病儿，就是'机器老化'了……"

我问三爷："俺三奶今年多大了？"

"82 了！"三爷又叉成八字说。

"你呢？"

"我今年也 81 了！"再叉一次八字。

有些意外。意识中，他老两口应该 70 好几的样子，竟也 80 多岁了。

我在等着母亲下面条，吃过饭，还要带儿子回郑州。此行就是专程送母亲回老家过年的。得知此情，三爷没坐几分钟，随便说了这么几句，就又缓缓慢慢地走了。看着他模糊的背影，我在心里暗暗地说："毕竟，80多岁的人了。"我第一次将80多岁这个概念和三爷联系在一起。

他走了，我也就吃了饭，带着儿子回郑。走高速，一个小时到了家。整个小区都因过年而空旷起来。到家后，儿子照例疯玩儿了一会儿，妻子给他洗洗澡，我给他冲了奶，母子俩总算先睡下了。屋里顿时静下来。

我坐在客厅的餐桌旁，蓦地回味起三爷的话，内心忽然紧了起来！

其实，刚一听三爷说，我就有触动，但一吃饭，一开车，一和妻儿说别的话、做别的事，这种触动被掩住了。

现在，我明白，这触动，是极重要的。

站在三爷的角度想，他能在自己的晚年——是的，对他，尚可称"晚年"，对已经老得昏天拔地的我奶奶，和必须靠三爷往被窝里塞尿盆伺候、白天甚至还尿在棉裤里的三奶，则只能用"风烛残年"来形容了——对我这个快40岁的孙子笑着讲这些，何尝不是一种人生的欣慰呢！到我"晚年"时，有他这种幸运吗？我能活到81岁吗？我若活到81岁，还得活36年。我的儿子才刚过3岁生日。到我81岁时，若有孙子，也才十几岁的样子，能听得懂我的沧桑和感慨吗？

三爷和我们一样明白，尽管三奶比我奶奶还年轻七八岁，但她的身体还不如我奶奶。这意味着，在不久的将来，我们家族极有可能又送走一位老人！这位老人，可能就是我的三奶或我奶奶。三爷看这件事的特

殊之处还在于：他也在将被送走者之列！

"老人再老，也是外边挡风的树。"我在阎连科的书里读到这么一句话。意思是，无论老人多么年迈多病，只要他们还活着，你都觉得自己还年轻。没有特殊的意外，死神总是按照生命的规律，从外向内抓取一个家族的成员。这时，老人就像最外边的树一样，把死神挡在林地外和屋外。

三爷固然看到了三奶或我奶奶这棵树将会先被抓走，但之后，就轮上他和另一位了！在他们之外，已经没有别的树！他们已经像他们的先辈那样，年迈到没有条件和死亡讨价还价，为了晚辈，必须先走一步了。类似今天这样的闲谈，我们和他们相处的时光，正在与日减少……

一想到此，我就禁不住想哭，在百十里之外深夜亮着灯的屋子里，对命运的残酷充满恐惧和无奈……

2015 年 2 月 13 日夜，农历甲午年腊月二十五

终于颠倒过来的认识

儿子啊：

　　你已经来到这个世界上 3 年。春节前，你妈妈给你策划过了 3 岁生日。她提前把家里布置了一下，邀请十来个住在同一个小区的你幼儿园班上的孩子，由各自的家长带着，来给你庆生。那天，家里人满为患，热闹爆棚。

　　紧接着，就过年了。过年，就是一个漫长的假期都和你泡在一起。我一下子体会到了上班和你上幼儿园的重要，但又那么喜欢和你在一起，舍不得离开你。我们带着你，回开封，回新郑，走亲戚，逛公园，还住了三晚上酒店。只要与爸爸妈妈在一起，你就可以随便去哪里。

　　不得不说，你已过了婴幼儿期，还没到小少年期，正处在书面语叫最"天真烂漫"的年龄。走到哪儿，你都兴高采烈的。你对钱和美女还没概念，只要有好吃的，好玩儿的，就非常知足。你还没有学业的压力，语言表达进入意象极其丰富而词汇严重短缺的矛盾爆发期，动画片和大人的说话，都能成为你冷不丁冒出的下一个新词汇的来源。世界在你眼里，还是一个充满未知、需要扩展的庞大系统，装满你的兴趣和娱乐。

你要知道，这种一尘不染的欢乐，只有你这么大的孩子才有。随着长大，你这种欢乐，很快就将失去。所以，看着无忧无虑的你，爸爸经常在心里说："儿子啊，尽情地享受这种欢乐吧。你不需要珍惜，因为珍惜也珍惜不住。甚至，当你意识到想要珍惜时，你已经永远地失去它了！或许，有朝一日，当你面对你的孩子时，你才会理解这种感受……"

从出生到现在，你给我们带来了太多的幸福与感动。你在经历自己的童年时，也给我们带来了重历童年的幸福与感动。陪伴你的过程，也是我们被你陪伴的全新的人生旅程。随着你一天天地长大，这种陪伴关系也在发生转换，以至于我们都无法一天没有你了！3年了，爸爸终于明白，原先的许多感受，都是可以颠倒过来的。

——其实，不是我们在哪里，家就在哪里，而是你在哪里，我们的家就在哪里，我们的爱就聚集在哪里。

说来惭愧，你带给我们这么多幸福，我们却没对你好好地说声"谢谢"。近一段时间，我们总是提醒和训练你，"谢谢爸爸！谢谢妈妈！"你也总是幅度很大地鞠一下躬，奶声奶气地配合我们，让我们乐不可支。——其实，我们更该谢谢你。感谢你3年来的陪伴，感谢你陪伴我们的时时刻刻点点滴滴，感谢你给我们带来的一切。你让爸爸妈妈的人生更完美，让我们的家庭更饱满，并且坚不可摧。

在你刚出生时，爸爸身边骤然多了一个你，一个天然地要吃要喝、与我争夺你妈妈的婴儿，将来，这个婴儿还会无可争议地成为我们财产的继承人，我们的晚年还会有诸多指靠你之处，爸爸偶尔会生出初为人父的不适应和妒忌，悟出"无恩无仇不成父子"的道理。现在，爸爸不这样想了。过年期间，爸爸开车带着你去办年货，一路上和你唠唠叨叨；爸爸骑着电动车，把手套让给你戴，带你去沙门村吃《巨神战机队》里总出现的"拉面"，看寒风吹乱我胸前的你小脑袋上的长发；爸爸握着你厚墩墩的小手，去联通大厦交宽带费；在这些瞬间，爸爸总会油然而生一种"多年父子成兄弟"的感慨，一种"再不握你的手你就长大了"的庆幸。

截至目前，爸爸这辈子作的最重要的选择，已不是13年前毅然辞官从老家出来，也不是选择做一个文人，而是在2011年的夏天，下定决心生下你。当时，爸爸妈妈已经备孕两年多无果，由焦急而疲累、绝望，你妈妈在做了充足的了解后，服了一种叫"黄体酮"的药，准备采取进一步的医学尝试，你却意外地到来了。我们生怕服药对你的发育不利，拿不定主意是否要你。我们咨询了身边两位从医的朋友，一个是你高文记伯伯，一个是你韩松伯伯（你将来都会认识的），他们都建议我们要。那天，我们与来郑州开会的你韩松伯伯吃夜市，他再次当面打消我们的疑虑："没事儿，放心生吧！"爸爸沉吟了一下，说："好，那就——生！"你妈妈也坚决地回应说："嗯，生！"于是，我们在忐忑的期望之下，于9个月后，接到了你这个来自天堂的孩子。我们给你取名叫侯博深，小名深深。

深深在3岁这年，颠倒了我上述诸多认识。

爱你的爸爸

2015年3月1日

奉承秘诀

千穿，万穿，马屁不穿。但总需讲点儿境界，否则，就陷被拍者于轻浮浅薄之地。

对方是一位著名的书法家，虽然这"著名"，仅限于你见他时才知，你却不要以己之短去夸人之长，什么"哎呀，这字儿真漂亮"——废话！什么"嗯……这字儿确实很见精气神儿"——拾人家的牙慧，万一遇到认真的主，反问你："怎么个见精气神儿法？"你就架不住了。对方是一位领导，每天文山会海，午饭时"陪了三桌"，晚饭时自然还有好几桌待陪，于是，你就说："很辛苦啊！干啥都不容易！"或者，"社会就是靠你们这样的精英撑着的！"肉麻不说，万一被听为暗讽，就糟了。

我呢，木讷口拙，躲避酒桌，被逼久了，由己及人，竟也琢磨出一条奉承法，不惧浅陋，公布出来。

基本思路是：凡在某方面有特长者，令外人好奇、惊叹、仰慕，对他本人来说，其实只是养成了一个习惯而已。你以为他每天练字几小时，每天串好几桌，每天跑 10 公里，是异能、苦行、奉献，足堪敬佩，对他，只是每天需做的功课、享受、任务而已。起初，可能吃些苦头，有些强迫，但熟能生巧，习惯成自然，长年累月如此，若无既定的乐趣、成就和利益在里边，就不正常了。一个证据就是，你若让他放弃这个习惯，他愿意不？我有句："天大的本事，不如一个良好的习惯。"

我的体会是，从习惯角度切入，夸人家几句，既不会露怯，又易让对方觉出你的不俗，不拿你当市井溜须拍马之流。

比如，对著名书法家：

"您练字有多少年了？"

答："23 年。"或其他数目。准有。

吾："23 年得此好字，写字已融入您生命中矣！现在每天都写吧？"

答案是肯定的。

底下，适时抛出"天大的本事，不如一个良好的习惯"句。

截至目前，总能得到认同，交流颇为融洽。

2015 年 3 月 9 日

羡慕

"其实，我很羡慕你们。你们俩的爱情，比咱俩的好得多。"

寒冷的早上，儿子光着小屁股溜出被窝，下床，找妈妈，被已穿衣起来的妈妈惊呼着迎过来抱住，二人一起盖进被窝。儿子要求妈妈陪他。他拉着妈妈说："躺下呗。往下躺。"妈妈幸福地服从着他的指挥。

看着他们像情侣一样满足，在一旁换衣服的我，禁不住这样对媳妇儿说。

2015 年 3 月 27 日晨

我的纸媒生涯的结束

一

2012 年年初，过了春节，我眼看就要迎来 36 岁生日，忽然对自己已经干了 10 年的房地产记者工作生出一种厌倦。厌倦，其实一直都有，所谓"干啥伤啥离不了啥"，只不过想结束的冲动突然又一次很强烈。任何一个行当，连续干 10 年，再干下去也就那样，又没什么退休之类的捆绑，总会萌生去意的吧？

当然，想着容易做着难，辞职，不是怎容易的。促使我下定决心的原因，还是手头的工作干不下去了。主要是收入没保障了。一份工作，再厌倦，只要收入可以，总能忍下去。如果连收入也不可以了，就对单位的乌烟瘴气，一分钟也不愿忍了。

我所供职的那家房地产 DM 杂志，是一家广告公司办的，老板是个很乌烟瘴气的女的；这个女人，还买断了一家省级大报的房地产专刊版面及广告运营，都六七年了。对外，她们以报社记者的身份活动，狐假虎威，也收入颇丰。我当初从工作了 8 年的老报社离职选择这儿，就是

奔着其大报的名头来的——当然，还由于她开出的薪水刚好满足我的需求。来了，就担任那大报楼市版的主任兼与大报楼市版同名却属女老板的广告公司私有的 DM 杂志的主编，既管二者的内容，又管拉广告。主要是拉广告，做内容只是保持一个媒体记者的身份。

在一年半左右的时间里，我的收入很理想。平均每个月两三万元，最多的一个月曾达 7 万元。这在我们这个行当里，已经"顶天"了。我当时的经济状况是，通过这一两年的繁衍生息，总算触底反弹：还清了在老报社时的财务亏损数目；信用卡的套现接近还完；按揭的车款清掉了；家庭花销颇滋润，每个月的支出高达 1.5 万~2 万元，逢大小假期必搞自驾游。若再这么持续下去一年，我就可以有存款了。我和媳妇儿已经在酝酿再买一套大房子了。

可是，好景不长。到了 2011 年年终，女老板欲言又止、欲盖弥彰地逐渐公开了一个事实：她嫌大报下达的 2012 年广告创收任务太高，市场又不好，不想续签独家经营协议了。每年年初，房地产调控的信息就使市场风声鹤唳，媒体更敏感。按她的话说："签了，一年指定赔 400 万！"

女老板这个"欲言又止、欲盖弥彰"的过程很长，从 2011 年年底，一直拖到 2012 年 3 月。她之所以如此，一是想吊吊大报那几个已被她喂了六七年的官僚的胃口，期望将创收任务压得低点儿（这是妄想）；二是她也着实舍不得，深知一旦失去大报的虎皮，公司将什么都不是，业务瞬间崩塌，我和由我培养起来的 20 来人的采编和经营团队，会哄散而去。擒贼先擒王，她主要是怕我走。只要将我软着陆了，她就可以放心甩开比她和她的公司更乌烟瘴气的大报，与我签订 DM 杂志的目标责任书，做她乌烟瘴气的老板了。因此，她这个决策，或曰和我博弈的过程，就很漫长。

总之，拖到 2012 年 3 月底，大报那边正式放出消息，由另一家广告公司顶替了女老板，我与女老板也终于签订了目标责任书。

我咋没走？其实，女老板料得不错，我很纠结，也极清楚，失去大报这个靠山对公司和自己的收入意味着什么。暗地里，我当然已经找工作了——儿子刚出生，家庭高消费已经形成，却一时找不到合适的下家，只好捏着鼻子继续。

记得我刚来时，网上有人说，我在她这儿最多能干半年。而我已经干了两年，是她手下任职时间最长的经理人。我有一个模糊而坚定的认识："一个人有本事，体现在他能和任何人打交道。"这也是我职场适应性、耐碱性一贯比较强的原因。她的杂志，7 年里总共出了 40 多期，中间出现几次主编领导的集体暴动停刊，直到下一任主编到岗再续出、再暴动。我来的这两年，按月出刊，共出了小 30 期，超过总量的一半！

然而，市场可不给你的"坚守"什么面子。开春之后，受政策影响，杂志连续两个月的经营额为零！按照考核办法，我一分工资没有！因一期杂志的印刷质量出了问题，我还赔进去 4000 元。女老板想必也料到会有这一天，很快就亮出了她的"后手"——春节前后，她暗地里利用大报的人脉优势，借一家绿化公司的资质，竞得一个新修道路绿化标，似乎不再热心做媒体，转型了！但她不承认，仍言之凿凿"杂志要继续出"啊！事实上，她的精力已全部转到工地，黑天白日地从公司抽

调人，去外地买树苗啊，刨坑啊，栽树啊，浇水啊。天还很冷，夜里，我们的编辑和记者却得在野外裹件大衣，挽着裤腿，去堵跑水口。可怜见的，这些孩子在家都没干过农活，父母都不舍得这么使唤他们，却被女老板当苦力。名义上是应聘来当编辑的，却在这儿栽树！女老板觉得，我们都是她雇来的奴隶，爱咋使咋使。人在屋檐下，心里虽骂娘，我也得象征性地去充民工。要知道，这"后手"是她自己的事儿，不是我们的事儿！她借此赚了 1000 万，也和我们的工资没一丝儿关系！我们这么任劳任怨，收获的，只是她的"印象分"。于是，稀里哗啦，人走了一大半。刚好，女老板的儿子大学毕业了，她就把儿子安插到编辑部，让我"好好带带"。她这个儿子，打进编辑部之日起，就以太子自居，几乎极快地显现出比其母略小一号的乌烟瘴气性。于是，稀里哗啦，人又走了一半。杂志几乎就出不成了！几位员工临走前其言也善，对我说："侯总，其实我们都看出来了，您真不容易！在这儿混，您最难。"我反倒哈哈一笑。

私下里，面对已经两个月没有一分钱收入的现实，我不得不加紧开始思考退路。

唉唉唉，实在是待不下去了啊。

人，总得给自己一个坚持下去的理由。我的谋略很简单：不管你怎样乌烟瘴气，我且混一混，同时暗暗地做自己的事。什么事呢？就是做生意。在女老板那儿随便地熬着，利用媒体平台的优势和便利，做自己的生意找补。这样，忍耐的气力会很长久。

照直了说，这是吃里爬外。我是这样对自己解释并轻易说服自己的：当主业足以消耗我的全部精力，且能为我带来满意的收入时，这么做，会精力不济和显得自私；但是，当主业已不存，看不到希望，老板又在一心谋自己的私利，不顾及你的死活时，这么想和做，就成为一种本能的自我调节甚至自卫了。

那么，做什么生意呢？不得不说，自己在房地产行业干得越久，资源也就越集中，能做的选择也就越少、越具体。我基本的想法是，代理一款产品，太阳能啊，地源热泵啊，立体车库啊，节能空调啊，等等，利用熟人的关系，卖给开发商。一年能逮一个单子，就够了！具体卖什么，需要论证、寻找、权衡，但思路，就是这些。

应该说，这种想法不自今日始，由来已久。这得提一下H。

H是我在老报社时的同事、IT家电部主任。2010年年初，过完春节，H似乎就以健康原因不去报社上班了。我晚他几个月，到了夏天，才离职来女老板这儿。之后，我们俩就没啥交集。后来，听说他发财了，以2009年年底我们组织开发商去考察的那家山东太阳能公司的产品，在X城中了一个标，一下子挣了好几百万，奔驰车都开上了，成了我们老报社系统的传奇人物。

那次"百名中原地产领袖新能源考察"活动，由H牵头，找到那家山东太阳能公司全程赞助，由我们地产部倾力邀请，组织了100多位开发商，分乘两辆大巴车，浩浩荡荡赴鲁，很成功。

听到H发财的消息后，我直赞叹他捕捉商机的能力——干着自己的本职工作，顺手做成了私活。H将我久有的、暗藏在心里的、利用职业优势做一点儿私活，也就是代理一款产品搞销售的想法，落实了！这对

我刺激很大。连我媳妇儿都说："你看看人家老 H，不是干房地产的，都通过开发商挣了恁些钱！你认识恁多开发商，还不如他哩！"我也隐隐约约地怀疑，H 的成功，应该和我们那次考察有关。可查了一下那次活动的通信录，并没有 X 城的开发商。弄不明白是咋回事儿。

<h1 style="text-align:center">二</h1>

干记者时间越长，越容易观察和思考出路问题。我从来都认为，自己不可能干一辈子媒体。关于媒体人或曰房地产媒体人的出路，无外乎这么几种：

一、干而优则仕。钻营到更高甚至最高的位置，做一辈子媒体。这种情况不多，基本限于体制内的媒体，约占 1%。跟我没关系。

二、自己当老板，运营自媒体。基本上就像女老板这样，出 DM 杂志啊，运营个网站啊，代理或买断个媒体啊，做新媒体啊，办广告公司啊，等等。还是没离开媒体，日常状态还是撵着原来的客户，写稿子、拉广告。约占 10%。这个，我想过，但一是没钱，二是看着女老板的这个窘状及那些过眼云烟般的无一成功的先例，有些发怵，担不起那风险。若有人投资，我或许会毫不犹豫地去做。

三、自己当老板，但告别媒体，转而去干原来熟悉的行业的事，挣原来熟悉的行业的钱。自己或与人合作办一个策划公司，转而去代理一个楼盘的策划和销售，已经司空见惯。约占 20%。等于成为开发商的一个雇佣或业务的一部分，寄生于开发商。这个，我也想过，但信心度只有"二"的一半。

四、转到下游某个行当。跑上市公司的，跳到某个企业宣传部或品牌部去；跑汽车的，跳到4S店卖汽车；跑地产的，去某个房地产公司上班，或给老板当马仔，或蓉在策划部，或出内刊，不一而足。这个，不少，可以占到60％。这也正可见媒体行业的一大优势。我常对我的编辑和记者说："无论男孩儿女孩儿，在毕业之初，有一段做媒体的经历，对于一生的职业选择和走向，只有好处，没有坏处。"但我对此嗤之以鼻——我太了解开发商了，太不愿意做房价的推高者了。

五、转到上游某个行当。我一直在想，若能去一家极有竞争力的土地交易机构，或专门给开发商投资的公司，如房地产基金、投资公司之类，攥着开发商的牛鼻子，会极理想！原来的客户，依然有用，但我却从求方变成了被求方。原先约了多少次都躲的开发商，现在极容易成为他的座上宾；出入他的办公室，是最受欢迎的人，他推脱了别的人事乖乖地等着我……收入自然也比当记者翻了不知多少番……我常对我们的编辑和记者说："最好的换工作，就是原先的资源不丢，还能焕发出新的作用和价值。"我甚至已不止一次进行市调和尝试。不过，事实情况是，我设想的那样的土地交易机构，根本不存在；那些投资公司和基金，对我的人脉资源并不如我想象的那样期待——他们比我更清楚，只要有钱，约见开发商易如反掌。放资金，他们比我更擅长。他们反倒更看中我的融资能力，即说服开发商将闲散的资金投到他们这儿。我心说："这应该是你们比我更擅长的啊？"所以，在这方面，我一直在碰机会，但机会一直没出现。基本上，若非要换工作，我还是愿意硬着头皮

去一家房地产基金公司试试的。这个，我很愿意能占哪怕0.1%。可惜，放眼望去，竟无一先例。这使我陷入空想般的不安。

六、就是H的路。相当于"三"的变种，但寄生性全无，完全告别媒体和原先的行当，又资源全用上，还能像H那样一夜暴富。

三

那一段儿，我满脑子都在思考这些。

越思考，越觉得：H的路，就是我该走的路！

进一步说，我若走了他那样的路，会比他更有优势。我用3年时间，每年哪怕中一个标，到40岁时，也能挣得不比他少！

对，这就又引出我另一个由来已久的诉求：40岁退休。

早在2003年，我27岁时，就喊出过"40岁退休"的想法。想40岁退休，总得有一笔存款吧？儿子的到来，使我急需再买一套大房子。我测算了一下，到40岁时若能挣够300万元，房子就能买了，存款也有了，退休的目标就能实现了。

能如此"睁开眼"看世界，我甚至一度暗暗感谢女老板。她的所作所为，结束了我的高收入的温水煮青蛙状态。

再找个地方打工，连想都不要想了。

想40岁挣够300万元，光靠打工，即使每年挣30万元，也不行。必须立刻从36岁时起，启动挣大钱的程序。

要挣大钱，H就是摆在我面前的唯一样板，他的路也是我最可行的路。除此之外，都不行。

这个思考、论证、浅浅地咨询、推翻、再思考、再论证的过程，大约持续了一个多月。

颠来倒去地想得差不多了，我将想法跟媳妇儿说了说。自然，她非常支持！这让我动力十足，加速了咨询和论证的过程。

我正式请几个开发商朋友吃饭，抛出自己的想法，请他们说说有啥好门路、该代理一款啥产品。他们也给不出我什么好的建议。不谋而合的是，他们一致看好我代理一款太阳能或地源热泵产品。

太阳能？不知为什么，在想代理的产品中，虽然我最先想到的也是太阳能，却PASS掉了。究其原因，一是觉得这个产品需求面很窄，全郑州几年时间也没听说一个楼盘安装，寻找成本太高。我应该找一款更宽的产品。二是因为H已经在做，我也去做，跟步他后尘、有意和他竞争似的，不太舒服。但究竟如何，还得到H那儿看看再说。

H那儿，必定要去看一看的。很自然地，我将外围咨询的最后一站，放到了他那儿。

一切都很稀松平常，看也就看了。他果然挣了300多万元。项目还没安装，款才打了1/3左右。整个工程结束，还得两年。平均算下来，他每年只相当于挣三四十万元的样子。没有传说的那么邪乎。

"太阳能好做吗？"我问H。

"不好做。"他答，"竞争很激烈，得拼关系。"

"你这个项目是咋做成的？"

"和一个朋友合作。"

"咋得到的信息？"我依然关心和山东考察的联系。

"一个设计院的朋友介绍的。"原来如此。

我这样不停地问，H很容易就反问了："咋了，你也想干点儿事儿？"

我羞赧了，只得承认。"还没想好哩……但大致有点儿想法儿……"我简单说了一下，"我的目标就是，用三年时间挣300万元就行。"

H笑着沉思了一下，说："肯定会超的。一个单子就挣够了。"

接下来，H说了他的新思路和想法儿。大致意思是，打关系太难了，好不容易打出一个关系，不如多做一些事儿，比如，这个太阳能项目中标了，完全可以再和这个开发商合作，运作小区照明啊，绿化啊，地暖啊，他们下一个项目的土方工程啊，等等，多挣些钱。H也提了一起合作。合作？这倒也可以！能省去我许多瞎摸索的付出。但怎么个合作法？H语焉不详，总体上是想让我排查一下熟悉的开发商和项目，根据具体的情况再说咋合作。"你没经验。这里边有很多不可控因素。你就做好引荐和后续公关就行了，具体操作由我来做。弄好了，一个项目给你换个好车是没问题的。"H这么对我说。我觉得有道理，但总有些不对劲。过了一会儿，我似乎明白了："我不是要换个车，而是要挣300万元啊。你这，跟我是你的通信员差不多。"

核心的交流就是这些。我们聊了一上午，中午一起吃了烩面，回屋继续聊。聊时，H接了一个电话，一个朋友要来找他。他既有事，我此行的目的也已达到，就向H提出："你有朋友来，我该走了。"H说："没事儿，不影响。"继续问我一些开发商的信息。我终于决定要走了。这时，有人敲门。我去开的门。

我一眼认出，门外站的人，赫然就是那山东太阳能公司的 W 总！太巧了。原来，是他来找 H。W 显然对我毫无印象。我主动说了许多那次考察中发生的事儿，W 笑了。H 向 W 介绍了我，W 完全对应上了，和我换了名片。怕耽误他俩说事儿，我适时告辞。

于是，顺理成章，当天，W 就联系了我。一拍即合，我就和他合伙，创业了。我的纸媒生涯，就这么结束了。

2015 年 4 月 8 日

一师盘鼓队记

一师有支盘鼓队，知者不多，知者不少；爱者不多，爱者不少；取决于见过与否。

女教头曹尔瑞，年过不惑，体如二八，行如风，站如松，言行煽动如神助，秀臂一挥万马腾。其爱女吴氏，比我们低两届，清高聪颖，工乐器，善舞蹈，盖受家庭熏陶故。女衣多变，与母混穿，当街而行，常被唤作"曹老师"。此题外话，却可见，搞了一辈子舞蹈的曹老师，身材是何等优美，知名度是何等高。

初，逢国家教委巡检。曹氏上郑州，跑教委，谏校长，通领导，找资金，拉赞助，历尽个中艰辛，显尽艺人情操，终于1992年×月×日，购鼓镲七十有二，集人上百，列阵文庙街26号康熙御碑之南，宣告开封一师盘鼓队成立。

时逢盛夏，骄阳荼毒。学校放假，国检迫近。曹老师动员我们牺牲暑期苦练。国检是大事，校领导非常支持，令食堂加伙。队员遂顿顿有荤腥，碗碗有蒸馍，唯曹氏马首是瞻。乃力愿出，汗愿流，群情激越不可拦。十日学鼓点，三日成队形，一日定指挥。神速惊刘震。

刘震者，市××馆×长，开封盘鼓界权威人物也。应曹老师之邀，夜灯下骑一辆破自行车，来指导工作。观其人，体壮声粗，腆腹瞠目，髯如钢针，貌若钟馗，上套老头衫，下着灯笼裤，一条白毛巾别于腰间。此人见鼓手痒，闻鼓心醉，架不住曹老师领头起哄，稀里糊涂就下了场，为我们表演起来。

只听得他怒吼一声："嘿！"如雷炸耳。忽然，大旗一抖，漆目一白，一圈儿龙套用标准的小碎步跑完，把杆大旗往空中一抛，原地猛转，稳稳接住，挺铮铮、威凛凛一个金鸡独立定住——直逼得人从头冰到脚心，婴幼抱妇不敢哭！毕，学领导讲话，众生哄笑，方恢复粗野大汉面目，随意乱喷。喷开封盘鼓的历史，喷开封盘鼓的辉煌，喷开封盘鼓的没落，喷开封盘鼓的未来。越喷越激动，至高潮处，竟高喊口号曰："将开封盘鼓打到埃菲尔铁塔底下去！"半环人墙掌声雷动，经久不息。

这厢开会正入港，隔墙忽有砖飞来，还砸来几声豫骂，盖因惊扰某二愣春梦所致。刘震遂知我们练鼓不易，叮嘱曹氏应多白日练，入夜莫扰民，学生也该早睡早起长好身体云。

开封人说事物，言词尖锐，活脱欲出。若问打鼓的，常被嗤为："一群'二半吊'！"每次见到的都是裸着膀子沿街"咚咚咚"蛮打，自然要生出鄙夷了。艺术贵在创新，创新才有观众。曹氏大胆地将阴阳调和之美融入盘鼓，男鼓女镲——男鼓粗犷豪放，状如野人；女镲细腻婀娜，纤舞翩翩——使这一古老的民间艺术焕发了新的生命力。"盘鼓竟能这样打！"此举刚一推出，就拉直了艺术界人士眼缝，得上北京，上

春晚，上报纸，获奖证书如蝶飞来。她最早的尝试之一，就是从一师盘鼓队开始的。我们的女生，都是十七八岁一朵花的年龄呀！有人说，看一师的鼓，就为看一师的姑娘。

在训练队员时，曹氏特别强调演员要投入，要与观众交流，把观众感动。对于"二半吊"的说法，她的回答让人大跌眼镜："鲁迅为啥写人血？画家为啥画人体？因为那感人！打鼓要想感人，就得'二半吊'！"

排练辛苦，正处于青春骚动期的男生休息时却喜欢坐列无序，嬉笑无间。常常就有某个男生被哄叫着搡进女孩儿堆里。群芳虽大呼小叫，并不恼。那人在这边的哄笑声中腼腆而归，脸上总带着笑。

按说，既为"献礼工程"，则礼成"工程"废，国检一过，盘鼓队已完成使命。然，随着声名鹊起，一师盘鼓队的商业演出却多起来。养一支鼓队，国检后还能为校创收，亦为曹氏当初说动校长之辞。于是，鼓队得以继续存在。商演既为学校创收，也可为队员挣些补助。吾上学时的大多数买书费，均如此获得。

曹氏没少配合我们出笑话。听说明天要去新乡参加一个活动，某男问："曹老师，明天打鼓，穿衣服不穿？"此处指是否穿演出服。曹氏反问道："你说哩？"男挠头讪笑而去。某女也来问："曹老师，那俺女生哩？"曹氏高声道："男生都穿，恁不穿?!"静场三秒，男生忽发出起哄的乱鼓嗷叫。曹氏悟，薄唇下弯，如王熙凤数落家奴般手指点戳男阵，做少女娇羞呵斥状："这都什么人！"呼应的，是又一阵乱鼓嗷叫。

外演时，想让男女生各坐一车，属浪费资源，怎么可能！必须"两掺儿"。女生食量小，发了食物，大都很慷慨，给男生一个鸡蛋啦，一片儿面包啦。送者目含秋波，得者胆小如鼠。偶尔被眼尖者看到，锐叫一声，于是所有人都看到，一起嗷叫一番。更有好事者起头，举车欢唱"掀起你的盖头来"。每次演出，少不得有男生手破，血流不止，又总会有哪个女生不声不响地给包上创可贴，关切地问一声："疼吗？""不疼！"啥都不耽误。其中就有四位：徐颖、刘敏、杨丽、秦春阳，被评为了最佳护士，颇值一书。

青春的气息是能感染人的，学生们的欢乐情绪，很多回都使司机长途不困。途中，学生们一声："超！"司机就加大油门，"呼"一声，贴着前车车窗而过，赢得众生欢呼，他也绷嘴儿而笑。忽闻那辆车传来嗷叫，已跑前边去了。这一回，不待学生喊，司机复又赶超。每次成功，都博得震耳膜的叫好。这样，三小时的路程，往往只用两个半小时。农民鼓队懒散，学生非常好组织，我们所到之处，都受到邀请单位交口称赞，订单越来越多。由于学习任务紧张，大多数都婉言谢绝了。

用学生创收，易为各方诟病。作为"有特色的课外活动"，鼓队也不具持续发展性——难道要让我们这些光荣的准小学和幼儿园人民教师，将来到了单位，也组织一帮孩子"二半吊"地打鼓？概率大约不高。学生的流动性，也造成培训成本比队员基本终身制的农民鼓队高很多。初创时，鼓队由比我们高一届的 90 级和我们 91 级混合而成。90 级队员毕业后，又补充进来一些 92 级的。后来，又补进一批包括曹氏爱女吴氏在内的 93 级的。每次更换补充，都是一次与我们当初暑假苦练极接近的重复，当然，也少不了我们老队员极无聊的陪练。随着初创主

力且承上启下的我们91级队员的毕业，鼓队从里到面，完全沦为由没参加过国检的低届学员组成，无论从哪方面说，都"过气儿"了，不是那么回事儿了。弄到最后，被选入鼓队，在学生们中间就像能躲就躲的服役似的。据说，我们毕业后，曹老师又把鼓队延续了一些时间。我想，主要是她太热爱鼓，舍不得吧。不过，最终也只能草草收场。

飘忽中，竟逝去20多年。我的校园生活，早已尘封。开封一师也被撤并，原址盖成一个什么客家博物馆之类。我的子侄辈都陆续毕业、结婚生子了。我们都已步入中年。偶尔翻到打鼓时的照片，抚着已像当年刘震样微腆起的肚子，我就生出一股时光飞逝、青春不再的忧伤和隔世感。每次拿着36鼓、36镲、曹老师素服居中、吾握大旗的鼓队"全家福"，尤其是一张演出中被抓拍的"大鹏展翅"阵型、吾腾空踢双飞燕（两腿向两侧平踢成"一"字，为舞蹈中极难的动作）的艺术照向媳妇儿显摆，她都不相信似的："这——是你?! 唔哈哈哈……"我也只得嘻哈一笑，像宋丹丹演小品侧踢腿"鞋能到，脚到不了了"一样，自我调侃一番。

唉，俱往矣，多少风流，只作笑谈！

每静忆，吾都觉得，打鼓，实在是对校园生活难得的怀念之处。

一师是因为有了曹老师才有了鼓队，才有了我们这段打鼓的生活的，我感谢曹老师。既经生命中有过一段打鼓的经历，就像当过兵、开过车一样，再难逃脱那份眷恋与关注了。

是为记。

原作于1995年3月4日，2015年5月13日修改定稿

故乡的哀愁

　　他年纪轻轻，却在这租金不菲的郑东新区"天下收藏"步行街三楼开了这个画廊，每天的工作（生意），就是静静地作画、卖画。收入应该不错。难得。我羡慕他，这么有才华，生意与爱好结合得这么好，这么早。

　　我抱臂，凝视着他的一幅两米宽、半人高的油画。

　　画面上，时已入秋，迫近黄昏。一片北方的小树林中，一条熟悉的落满树叶的小路，绕过一座普通的小房子，伸向远方。那小房子，淡黑瓦，红砖墙。由于油画巨大，情景真实得似一张开封老家的照片。我正走在林中，回家吃饭，脚下发出"嚓嚓"的踩叶声。那片从头顶掉落的树叶，几乎擦着我的脸，我偏一下头，躲开了。明天就要启程回郑州，远离眼前的这一切，心中说不出的失落。

　　我忽然明白：不管什么形式的美，都是在保存一种无法回避的哀愁。

　　他告诉我，这幅作品，画了一个多月。这是他南阳老家的一个画面，看到者却都觉得很熟悉！"明天就要走了，到屋后随便转转，心情

有些难受，就画了这幅画。"

一瞬间，我那么理解他。

从他看到这个场景起，内心就莫名地震撼。一个多月，静静地画，不怀疑会浪费时间。他以这幅画，让我领略了绘画的意义，以及创作者对精神现场再现的诗意。

然而，艺术虽能保留住瞬间的永恒，却不可避免地带来一种物是人非的悲怆。写作、绘画，都是对记忆绝望的打捞与保留。你做了，做成了，却获得始料未及的失去。在30多个日日夜夜里，他每天就这么挤好颜料，面对同一块画布，一点点地清晰画出在老家所见的这一幕。当他决定不再添加任何一笔，手中的笔是怎样悲哀地放下？

世相迷离。我们常常在如烟人海中丢失了自己。凡尘缭绕的烟火，逼得我们不能自由呼吸。此时，我们需要依靠一些回忆，来喂养寂寥；需要典当一些日子，来滋养情怀。故乡，注定是我们最好的原点与归宿。哪怕，这种归宿恰恰意味着……彻底的远离。他以远离故乡，实现了对故乡最近的保存。对故乡的怀念，其实是对自我迷失的救赎；在救赎的过程中，我们又作出了新的背叛。一如他，只能在这充满商业氛围的画廊里，画完这幅思乡的作品，而不是当即在故乡定居，永不出来。

我问他："这幅画叫什么名字？"

他反问："你若给它命名，叫什么？"

我轻轻地说："《故乡的哀愁》。"

他和我一起盯着画面，静默了很久。

2015 年 7 月 26 日晚

当我们谈论剁手时，我们在谈论什么

其实我们是在谈论高涨的物价啊。能打个 5 折都疯狂了。

其实我们是在谈论自己收入之低啊。买不起更多的东西，只能寄望于打折。

其实我们是在谈论日益沙漠化的生活啊。除了物质的获得，还有什么能让我们激动？

其实我们是在谈论生意日益难做的现实。经济增长乏力的一大例证，就是越来越缺乏有科技含量的竞争，只能依靠最原始的价格屠夫的方式，被马云绑架着，才获得一些现金流。

那些商家，打了 5 折，还在赚钱？没打 5 折前，难道利润厚到了 200%？（我读书多，您别蒙我。）

按照我一贯的"侯氏定律"的说法，判断一个事物的价值，一看做它的人是否喜欢，二看做它的人身边的人是否喜欢，三看它"死"了还有多少人怀念它。"双 11"这东东，马云肯定喜欢；年年创新高，围绕着马云的员工、投资商也肯定喜欢；现在，如果突然没了，这么多狂欢的民众，也肯定不开心。所以，它客观上是有价值的。也正因为它这么

有价值，才致使我们不去思考追逐其价值的价值，其实是在给自己营造一种虚幻的"被定义我是谁"的繁荣，而忘记日益悲催的现实种种。

　　好啊，912亿元！

　　好啊，总算过去了。

2015 年 11 月 12 日晨

给儿子写满一页纸

晚上，抄读书批注。儿子也在一旁打开一个本子，用他红色的水彩画笔，写他只会写的数字和字母，孜孜不倦地，和我比赛。

"我又写了一页，第一名！"他每写完一行，都要欢呼一下。

他把行当成页。"这是一行，"翻过一页，"这才是一页"。我和媳如此纠正了他几次，他才似乎接受了。不过，他的接受，大概是由于"行"与"页"都是极新鲜的词汇，而非真懂了概念。

这倒是一个极好的、有益的、哄他玩儿的新游戏！

就这样，小家伙和我"第一名"着，竟写了满满一页，粉红色的一片。而我，才抄了大半页。他以胜利者的姿态去洗脸刷牙了。临上床睡觉，还不忘抱着那个本子。平时，他都是抱一个喜欢的玩具，今晚，抱了他写满一页字母的本子。

这是第一天。

到了第二天，也就是昨晚，我又邀请他一起"写字"，他却不干了。

"我不会写！"他说。

我哄他："你写字母。"

"不，你写，写这样的！"他指着我已写了半本的摘抄本说。

哦，他不喜欢字母，而喜欢字！他才4岁，幼儿园不教汉字。

我就给他写了一行简单的汉字，"人口手上下左右"之类，对他说："来，你照着在下边写，咱比赛，看谁第一名！"

没想到，小家伙还不干。"你写！我不会写！"

我暗暗有点儿迷惑："啥意思？这游戏不灵了？"问他："我给你写，那你写什么？"

"你给我写，写多的！"我只好又给他写了几个"牛马羊……"，写够一行。"好了。可以了吧？"

看我写，他很安静，我一停，他就焦躁地喊："不行，写完，写快点，写满！"

我似乎明白他的意思了！他是想让我给他写满一页纸，归他所有！他见惯了我流利地书写，很羡慕，很喜欢，于是，那么不满意于自己只会写的小蝌蚪字母。

"你是让爸爸在你的本子上写，写多的，写满吗？"

"呃嗯！"小家伙用力地点点头，为我终于弄懂了他的意思极喜悦和期待的样子。

这样一来，我一晚上的时间就报废了！

"可……爸爸不能抄在你的本子上，爸爸得写在自己的本子上，还有用呢！"我赶紧想对策，给他讲道理。

他当即就抗议了，指着摘抄本说："你把这个本子送给我！"

我晕！这怎么行。确凿无疑，他现在只有一个强烈的欲望：我、要、占、有、这、些、字！怎么哄都不行。我只好摊牌："那我不写了！"

我一收起摘抄本，他意识到将什么都得不到，就哭闹起来。我还是把书和摘抄本束之高阁。他找妈妈哭闹，也说不清楚自己想要什么，只是哭，很委屈的样子。

到了今天早晨，我起来时，他还在睡，家里很安静。我忽然有愧似的，在他的这个本子上，就着我起的"人口手上下左右……牛马羊……"的头，写下了这些字。

准备等他醒了，补送给他。

我要看看，他是否真的喜欢。

写满了两页纸呢！

2016 年 4 月 29 日晨

我是开封市郑州区人

木心说："我是生活在绍兴的古希腊人。"意思是，其祖籍绍兴，精神传统在古希腊。这说法，令吾喷叹！

拿"祖籍＋精神传统"一参照，我其实是没有"精神传统上的归属地"的。我能说自己是"生活在开封的美国人"，或"生活在开封的欧洲人"吗？不能。一是我自 26 岁时从开封"移民"郑州，次年买房，户口迁移，当"郑州人"、不在开封住已 15 年；二是我至今没出过国，对西方文学的概念属于"杂食"型，根本不像木心这样追根溯源和清晰。而且，这么一弄，我喜欢的南美洲的马尔克斯和其他洲的作家咋办？我曾无比想认北京作精神故乡，可听着"我是生活在开封的北京人"，纯属睁眼说瞎话，面目可憎。大"杯京"于我，早已回归到君臣遥望的关系。我也想过，戏仿别人说"我是生活在郑州的北宋开封人"。似乎很有点儿意思。但北宋开封和我啥关系？并没给我留下什么"文学谱系的吸引"呀！

我的"精神传统"到底是哪儿？仔细想，很不幸，竟无有。恐怕也不会有了。中国人其实都很难有吧？

算了，还是舍弃"精神传统"，只描述出生地和居住地，说"我是居住在郑州的开封人"，总是最正确的。然而，正确不等于精确，派出所的户籍登记不等于心灵的感受！难哪。

吾深知，这种念头就像种子，可以一时词穷蛰伏，答案不定什么时候就会冒出来。一个经验就是：我的老家叫"水稻乡"，作文时，吾非要创造性地写成"大米乡"，还为此找到了会心的解释："水稻是未成的大米，大米是能吃的水稻！"只有将现实中的老家提炼成虚拟中的"大米乡"，吾才能进行全新的审视，不这样就写不成任何东西。我坚信，自己迟早能就"我是哪儿人"找到一个得意的说法。

收获不期而至。

有一天，在生意酒桌上，一个官场的朋友对一个山东人打趣说："自古鲁豫是一家，咱离得不远，俺是济南郊区郑州的呀！"吾大笑，内心忽然"咯噔"一声，冒出一句："我是开封市郑州区人。"还是大白话，但如此一组合，有实有虚，有趣有味，越想越妙！很好，就这么定了！

我的生活状态是标准的"郑州并开封着"。我是开封人，无论祖籍还是精神上，都不可改变，也不愿改变。在开封人的内心，开封一直都是"老省会"，郑州是"新省会"，虽都是省会，但你郑县历史上只是开封和洛阳两个至亲城市之间的歇脚点。我自己早就轻易突破了"郑汴一体化"的所有障碍，将郑汴完美一体化了。我就是一个完美一体化的"开封郑州人"。在我的知觉里，郑州就是古都开封的一座新城，开封的新区其实在西边 56 公里处的郑州，而非出了开封城至中牟之间的那点

儿区域。郑州就是一个经济发达的开封的区，我只不过从一个开封经济不发达的区，住到了这个发达的区而已。

这种描述方式，具有特殊性和唯一性。

信阳人也不能说自己是"信阳市郑州区人"。信阳人不认，郑州人更不认。

唯独我，唯独开封人，能、想和敢这么说。一群乌泱乌泱的郑州人，甚至其他城市的人，还不得不暗暗觉得：很新奇，很有道理。

2016 年 5 月 15 日

龟儿子

前段时间，我家来了两位新朋友，"穿件硬壳袍，缩头又缩脑，水面四脚划，岸上慢慢跑"——你猜对了，它们就是两只乌龟。

乌龟长着大大的脑袋，尖尖的鼻子，四只小腿不停地划来划去，爪子非常锋利；脖子忽长忽短；龟壳非常大，好像一个小盾牌。

这两位新朋友分别叫龟大和龟二，龟大的背比汽车方向盘小一点点；龟二比龟大小一圈。它们是别人送给我的，有一次我爸爸的朋友要搬家，因为乌龟没有地方放，所以让我们先养着，听说都养十几年了。

这两只乌龟又大又凶，可怕极了。我们每天喂它们吃火腿肠和龟粮，龟大龟二总是抢着吃；给它们换水的时候也要非常小心，害怕被它们咬到或者抓伤。平时，龟大和龟二很喜欢晒太阳，来人了，龟大也不害怕，还伸着脖子看人；龟二胆子就小多了，会马上把脖子和四肢都缩到壳里面，听到外面没动静了，才慢慢把头和脚伸出来，好玩极了。

后来，爸爸发现两只乌龟晚上老是打架，让人睡不着觉，最后我们把它们送到一个很大的池塘里面养了起来。我希望它们在那里过得非常好，有时间的话，我会去看它们，我永远都不会忘记它们。

这是一位小学三年级小朋友写的作文，题《我家的两位新朋友》，发表在 2015 年 9 月 23 日的《河南商报》上。署名："布鲁写作训练营营员、北大附中河南分校外国语小学三（10）班宋嘉和"。

那是在 2015 年春夏之交，媳令吾将一对吾从 2006 年夏（比吾和她认识都早 4 年）就开始养的乌龟"处理"掉，腾出一点拥挤的阳台。为理论上减少一丝她对吾经济乏力不能换大房子还偏要养宠物的指责，也为炎夏将至，少一些换水不及的熏臭，吾终于力行，发微信，将二龟送人。开发商朋友宋冰回应接养。翌日，宋总开车前来载吾二"龟儿子"（媳语）走。车直接开到了地下室，吾已携儿子将养了 10 年的二"龟儿子"连缸搬去。一番寒暄、交接，二龟顺利挪至宋总后备厢。吾还没来得及酸一鼻子，宋家的车已在刺耳的地下室下水金属框的"咣当"声中，开走了。

儿子才 3 岁，对于二龟的失去，大约是无可无不可的。吾一手扯着儿子，一手提溜着宋总客气地置换给的一箱咸鸭蛋，回到屋，递与媳。媳自然是欢喜的。"这比（把龟）卖了强！"她说。

二龟就此与我诀别，却成了几个月后宋公子嘉和笔下的"龟大"和"龟二"。只不过，于宋公子，是"我家的两位新朋友"；于我，是失去的"两位老朋友"。

得益于宋公子笔耕，泛起了我一年后突然间对二龟的怀念。从文叙看，二龟在宋府所居时间有限，"最后送到一个很大的池塘里面养了起来"，其实就是弃诸乎野，相忘于江湖了。我算是知道了它们的归宿。

宋公子写此文时，刚上三年级。推算，也就十岁吧。是时，吾也在开封西北郊的一所农村小学上学。宋公子的500字短文，吾一字字读完，默认，自己三年级时的语文水平，确凿不如他，都在省报上发表文章了。如今，我也不过和他相当。不，是也不如他。

不过，有几处，我以比他们养得时间长10年的经验提醒宋公子：

一、龟大如盘，龟二如碗，最好不以方向盘作比。

二、它们实在是老实极了，绝不"又大又凶，可怕极了"，晚上也不"打架"，还"老是"，"让人睡不着觉"。你们将它们"送"池塘的理由，并不如我将它们送你们的理由充分。或许，它们在池塘里（但愿不是你们小区里的水池）真的过得很好。可惜，我再也看不到它们。

三、类似"我永远都不会忘记它们"这样的话，最好永远别说。

2016 年 7 月 2 日

又及

此文在朋友圈扩散后，宋总冰回复，二龟归宿为"黄河渔场子非源"，果然不是他们小区的水池。地名很好，一听就有鱼吃！二龟得其所，吾心慰之至。

2016 年 7 月 3 日

在身体面前自卑

这两天，一位叫李凌的报社老同事，忽然去世，搅动众心。"震惊""扼腕""天妒英才""走好"等字眼，频闪朋友圈。我却独守一份悲凉，始终"冷眼"旁观逝者的死因，以及健在诸君的"词不达意"。

李凌享年仅 43 岁。典型的同龄人、熟人。中年人。我辈已无可抵赖地成为中年人，却没想到，死亡通知竟如此不容置辩地"提前"送达！总以为，我们尚处在上有老下有小的努力奋斗时段，不承想，还有可能随时被叫停。心惊，在情理之中。

李凌死了。我还活着。我若突然死了，留下了什么？一身债务！诸多未竟俗务！好在，我还活着，一切尚有待改良。他却永无机会了！

死因：胃出血。采访时，吐血。他"依然"认为，不是什么大事，"吐的血是黑色的，不是鲜红的，问题不大。"他这样对同事说。瞅瞅，多有经验！多么久病成良医，临乱不惊，大将风度！

在看李凌生前病状时，我没看出什么对他"爱岗敬业"的尊敬，相反，只看到一个多年隐病，总与自己的身体较劲，总蔑视自己的身体，总被经济催逼拼命挣扎，终于，或者如期，被身体彻彻底底地打败的新闻民工形象！

我第一时间转发噩耗时，就与众不同地说："人过中年，必须和自己的身体交朋友，尤其是要学会在自己的身体面前自卑，听'他'的，而不是听你的。"谁听得进去？

两天来，陆续诞生的几篇纪念李凌的文章中的细节，无不印证了我这一判断。

我本人，早已在身体面前无法自信。刚过40，再也不敢标榜自己身体好了：每天早晚打胰岛素、吃药；心脏装了两根儿支架；息了运动健儿之念，看所有人都与我不同，所有人都比我身体好。如此，悄然游荡在人世间。

我就不明白，李凌两年前分明已因肝硬化、肝脏占位（一个陌生的医学名词），住院做过手术，切除了部分肝脏，成为一个比常人虚弱得多，决不能再熬夜、劳累，而应从此在家静养的病人了（和我的现状差不多），他咋还隐瞒，赫然成为报社发稿最多的劳模？

其实，我是明白的。哪能不明白呢！富能藏，穷哪能藏？李凌当然是因为经济的催逼！骑电动车，医药费支付不起，同事垫资5万，又组织单位职工捐款，这些信息，字字钻心，无不证实着他内在的经济紧张！又能怎样呢？我不和他一样苦吗？却也只能像他一样，咬着牙，朝前走。好在，我比他胆小、怕死，听医生的话。

我相信，李凌也不傻。假如上天能再给他一次机会，他一定不会这么为挣钱不要命了！然而，也仅仅是假如。

我可怜李凌。可怜自己。我提醒自己：我们都是肉身，在身体面前，只能保持自卑。

2017年1月4日清晨

为什么还不讲故事？

一个小男孩，因和妈妈吵嘴，离家出走。

没带钱。一天没吃上东西。又饿又困。

夜市。他站在一个卖牛肉面的地摊儿前，两眼紧挖着别人吃，吞咽了好几口唾沫。

老板娘看出了端倪，给他下了一碗面。

"来，孩子，吃吧！"

顾不上那么多了，风卷残云。

"给阿姨说说吧，咋回事儿？"

一天的委屈，瞬间化开。男孩"哇"的一声哭了起来。待气儿顺，敞开心扉，一五一十，诉起了妈妈如何不好，自己如何恨她，死也不回家。

老板娘："孩子，你看，我就给你下了一碗面，你就感动成这，你有没有想过，从小到大，你妈给你做了多少顿饭，你为啥不感动，还要恨她？……"

渐渐地，男孩平静了下来。

"回家吧，孩子，你妈也担心了一天，正等着你呢。"

男孩点了点头。

望着男孩慢慢远去的背影，老板娘笑了。

画外音："一碗热腾腾的牛肉面＝挽救的亲情。××××拉面。"

这就是讲故事的魔力。一件商品，一旦赋予一个故事，品牌立刻就有了情景认知和入口。

以上为 2016 年 12 月 31 日在北京"过河大会"上听杨石头所讲，经久难忘，笔记存之。

2017 年 1 月 14 日清晨

不老盖儿

儿子喜欢跪在沙发前玩儿。前几天，媳将茶几挪移，把一块绿胶垫铺满客厅。

铺垫子当晚，媳忽发少年狂，模仿儿子的日式膝跪——双腿折叠，足平放，直接坐垫上——"K-K-K（汉语拼音发音）"了半天，竟不能。

"看他坐得可容易，一坐，却坐不下来。"她放弃后，自愧弗如地笑叹。

这有何难！吾鄙其拙甚，扣下书，挥手让她躲一边儿。一试，双膝竟绷硬欲裂，痛不可支！"K-K-K"了几次，除惹得妻儿纵声大笑，别无进展。媳孬好还能外撇着坐下去，吾连折叠都折叠不下去。

"你咋弄的？再来一遍。"吾以姿势不对推脱，让儿子再展示一下。

小家伙毫不谦虚，"呼腾"一声，小腿儿就那么明白无误地折叠着，屁股一下子坐在了垫子上。

客厅里爆起我们三口的笑声。

完了，吾原形毕露，只能自愧弗如了。"为爹这老胳膊老腿儿，咋跟恁这童子功相比呀！"说完，弹起，作罢。

吾惊异于儿子的柔韧性。与锻炼无关。像他这样四五岁的孩子，都是这。若保持练习，长大后也能。

筋长一寸，多活十年。人老先老腿。开封话管膝盖叫"不老盖儿"，赋膝腿以永葆青春功能，颇有道理。

依稀确认，吾眼高手低地鄙媳笨，源于一种"不久前"还在父母面前做过类似展示，或自己在宿舍起床后轻易就能如此柔韧的自信。谁知，竟是还不如媳的不自知的少年狂。唉，老，不是"啾"的一下，而是从你在父母面前做童子功，到儿子在你面前做童子功，瞬间的恍惚。

私下里，吾庆幸，现在还能弹起，走路还不僵硬，不老盖儿还灵活。这在老年人看来，是多么让人羡慕的年轻呀。

2017 年 1 月 19 日

糖尿病是身体对你直不棱登的提醒

查出了糖尿病，再说什么和身体交朋友，就像被交警逮着了，不得不堆起笑脸。

你突然多了一个监督者。一个红灯。一个裁判。一个电子眼。随时有人对你毫不留情面地亮灯、吹哨，让你烦不胜烦。超级不自由。

体检，相当于审车；住院，相当于被强制学交通规则和接受处罚；入院调理，相当于主动回交警队温习功课。

媳赐我的一本介绍"如何患了糖尿病还长寿"的书上说："糖尿病是一枚重启人体健康程序的按钮。"别自欺欺人了，没事儿重启它干啥！

既来之，则安之。这种说法……尚可。也只能这样了。

权当是黄牌吧！你的身体以糖尿病这张黄牌提醒你："之前的生活方式不太规范，再不重视我，就红牌罚下了。"只是，这提醒，不讲一点儿艺术性，直不棱登，让人很没面子。

偶也窃喜：很多"漏网"者，至今尚不知自己的生活方式是否健康哩！终于"十晋一"了，反倒有一种被抓获归案的踏实。

"十晋一"，是吾创的说法。据统计，全国的糖人已 1 亿多，接近 13 亿人口的 1/10 了。不过，还是不希望自己"十晋一"！还是羡慕那些逍遥法外者！每天打胰岛素、控食，真是难受。

书曰："张学良、陈立夫、梁实秋等很多人，都身患糖尿病享年高寿。"这就像用马云励志芸芸电商从业者。我们见的更多的，还是失败和痛苦者。医院、街头，有那么多胳膊挎篮儿腿画圈儿的人。同为高寿，总有一种"奥运会冠军"和"残奥会冠军"的区别。反正，面对糖尿病，我是乐观不起来。

我们小区的物业经理，光明净眼，一表人才，血糖高，却不就医不忌嘴，去年，才 43 岁，竟一命呜呼了！吾闻听后，惊心动魄。

贾平凹自嘲是个"著名的病人"，心得为"你拿病没办法，病拿你也没办法"，二者的关系是和平共处、长治久安。不过，他那是肝炎。换了糖尿病，他会明白，你拿病自然没办法，病拿你却一整套！你和它不可能和平共处，而是被迫签丧权条约，屈辱称臣！

同为糖友，二月河的理解则极深刻。他以糖尿病喻反腐：腐败就像高血糖，并不致命，就怕并发症。一个长期腐败的政权，会丧失免疫力，并发症一出，很快垮台。振聋发聩！这话，也只有资深糖友才说得出来！

糖友的人生况味，总是独特。

这不，刚一通报我入院调理的情况，媳就在微信上唠叨："管不住嘴，迈不开腿，说啥没用。"

吾："放心吧，我一定死到你头里（笑脸）。"

又："我从没想过，你一蹬腿儿去了，我和儿子相依为命。受不了。还是死你头里省心。"

媳："那你想想，你一蹬腿，我和儿子咋办？我以后欺负谁？"

吧，这句广告词活用到我头上，还怪贴切哩！进一步明确了，自己活着的一大功能。

2017 年 1 月 21 日晨

我不拿张学良得糖尿病还活 101 岁骗自己

　　说糖尿病，绕不开张学良。关于他的帖子，充斥网络，铺天盖地。然而，吾读啊，读啊，很快就由热转凉。

　　他是 36 岁上得了 II 型糖尿病，是活了 101 岁，但谁要觉得，"既然他都能，我也能"，吾就恭喜你，可以去买彩票了。

　　在消费名人方面，各种利益方的智慧总是层出不穷。一个重要的前提就是：存在数量众多、前赴后继、缺乏基本常识的盲信盲从者。

　　网上消费张学良的文章，基本可分为三类：

　　一、探讨其"长寿之谜"型。长寿，本就是所有人之向往，但，千百年来，寿星多，谜谁解开了？探讨来探讨去，你也看不出张学良和别的不出名的百岁寿星有何不同，到底还是个谜。

　　二、拿某一特征硬套型。综合探讨不清，就拿某一特征硬套。这一型最多、最突出。有说他"爱抽烟为何还长寿"的，有说他"患糖尿病为何还长寿"的，有说他"半生遭幽禁为何还长寿"的，有说他"姨太太多而长寿"的，有说他"坚持中医疗法所以长寿"的，有说他"兴趣广泛所以长寿"的，有说他"作息规律有人照顾所以长寿"的，更有人

以"西安事变"为标签，说他"爱国情怀始终如一所以长寿"的，等等，等等。净扯！

我的一个同事这样说他上某清华进修班的感受："讲'战略'时，老师说'战略'是做好企业的关键；讲'商业模式'时，又说'商业模式'是关键；讲'互联网 +'时，又说'互联网 +'是关键；讲'社群运营'时，又说'社群运营'是关键……总之，上什么课，就说什么是关键。"其实呢，当一个企业家需要到进修班上找战略、模式时，其企业注定不会有什么好的战略和模式。

吾腻歪以"糖尿病而高寿"来消费张学良，盖因乎此。

三、娱乐八卦型。与蒋介石啊，与宋美龄啊，与赵四小姐啊，等等。略。

将张学良糖友这一身份如此一淹没，您可能立刻就与吾有了同感：能活 101 岁，怎么说都可以；活不到 101 岁，怎么说都不行！

问苍茫大地，有几人能活 101 岁？逮着一个张学良的特例，和你有什么关系？你的祖上寿数几何，你的体质如何，你有张学良的各种保障和条件吗？

当然，吾也不至于弱智到连"姑妄听之"都不懂。多看看、学学，总是好的。您看，张学良爱好运动锻炼，打网球、打高尔夫球、打排球、骑马、游泳、散步。他爱好广泛，常读书、看报、钓鱼、下棋、种菜、养鸟、养兰花、说笑话、搓麻将、听唱京剧等。他生活有规律，午睡，乐观处世，不存压力。试想，您若能做到这些，是不是也会比现在的生活方式活得更久些？

举例，就该找典型。借鉴，却不敢迷信。张学良只有一个，脚踏实地，面对现实，比啥都靠谱。

吾意为：知道有张学良这么个卓越的糖友就行了，要时刻保持清醒，你成为他的概率是多少亿分之一，别拿这个骗自己。你更容易成为的，还是身边十个人就会遇到一个的，被糖尿病缩减寿命的人。

2017 年 2 月 7 日

最不该拿来给糖友励志的就是体育明星

吾也关注了几个糖尿病公众号。截至目前，令吾眼前一亮、大呼过瘾的，还没有一个、一篇。倒是令吾连呼"怎么这样啊"的文章，不少。这里边最容易出现的，就是所谓"励志宝典"型的，以某些政界、演艺界或者历史上身患糖尿病的名人为例，告诉我们"得了糖尿病不可怕"。感觉这些小编绝对不是糖友，还偏要装出一副很理解和很关心糖友的样子。吾读啊，读啊，终于，无法忍受。

最无法容忍的，是拿体育明星说事。首当其冲的，就是加里·霍尔。

加里·霍尔是游泳世界冠军。没啥知名度哈？说游泳就是菲尔普斯。但这与此文主题无关。总之，人家代表美国一共参加了1996年亚特兰大、2000年悉尼和2004年雅典三届奥运会，获得了10枚奥运奖牌（5金、3银、2铜）。其中悉尼奥运会和雅典奥运会的3枚金牌，是罹患 I 型糖尿病后获得的。

吾读到一篇2008年8月26日（北京奥运会期间）《生命时报》刊发的《美国前奥运游泳冠军加里·霍尔：得糖尿病，一样拿金》。

文载，1999 年，时年 24 岁的加里·霍尔刚被确诊为Ⅰ型糖尿病时，自己也感到异常震惊。"我当时既愤怒又恐惧。愤怒的是，我可能要从此终止游泳生涯；恐惧的是，我不知道糖尿病是怎么回事，对我来说意味着什么。"

　　彼时，霍尔正在备战 2000 年悉尼奥运会。1996 年亚特兰大奥运会上，他取得了 2 枚金牌、2 枚铜牌的骄人战绩，是美国游泳队的主力选手。他决心在新一届奥运会上再创辉煌，可一纸"糖尿病"诊断书，把他推到了人生的十字路口上。

　　那天晚上，霍尔与未婚妻伊丽莎白去参加一个派对。霍尔感到很不舒服。回家的路上，精神恍惚，走路跌跌撞撞。第二天，不得不去看医生，化验结果是，血糖超过了 300 毫克／分升。霍尔非常不解，家族没有糖尿病史，并且自己每天锻炼，生活得很健康，怎会得这个病呢？在医生的教育下，他明白了："Ⅰ型糖尿病可以发生在任何人身上，无论年轻人或老人，男人或女人。"

　　文章用了"晴天霹雳"一词，来形容霍尔的感受。霍尔说："'极度失望'这个词都难以描绘我当时的心情。医生说我可能要永远离开游泳赛场了。那一刻，我只想躺倒在地，永远消失。"这些，糖友如吾，感同身受。

　　霍尔前往哥斯达黎加度过了 6 周时间。休假之后，他找到洛杉矶加州大学的安妮·彼得斯医生，一起讨论了如何治疗糖尿病，以及能否继续从事游泳运动的问题。

　　这是对的。我们确诊后，都被医生告知，禁止剧烈运动，必须控

食、就医，等等。然而，以"剧烈运动"为职业的运动员，却必须继续"剧烈运动"，实在不幸。不幸中的幸运是，霍尔和他的教练、医生和营养师找到了一条正确的道路。

当然要严格控制饮食。与大多数美国人一样，霍尔非常喜欢甜食，蛋糕、糖果、巧克力一度不离嘴。病后，在营养师的指导下，妻子伊丽莎白变成了监督员，随时检查霍尔的食品构成，让霍尔远离甜食。为了帮霍尔对付糖尿病，伊丽莎白还购买了食谱，变换花样给霍尔做可口的饭菜。霍尔告诉记者，他现在常吃的食物有果蔬、鸡肉、鱼和少量的牛肉，严格控制着米面等主食的摄入量。

看来，天下的媳妇儿都是相通的。我媳妇儿现在的表现，不亚于霍尔的媳妇儿。

霍尔一天竟注射15次胰岛素！他自己注射。有时一天需要注射四五次。由于每天要训练6～8小时，包括举重、跑步、游泳等，很可能导致血糖过低，密切监测血糖变化并及时调整药物剂量就非常关键。在平时的训练中，霍尔每天至少测5次血糖；在比赛期间，至少要测15次。每当游泳时手臂的汗毛感到不适，霍尔就知道，在泳池里待的时间过长，血糖降低了。他奉劝所有喜欢游泳的糖尿病患者：游泳45分钟，最好测量一次血糖。

这些细节，非常真实、具体，也非常成功——有奥运金牌做证。然而，吾却始终看得龇牙咧嘴，连呼："天哪！竟然这样啊！"

毕竟，人家是国宝，肩负着争金夺银的使命，"幸运"地有教练、医生和营养师共商，并"找到了一条正确的道路"。咱呢？反正，吾在住院调理期间，每天 4 次测血糖，就扎得遍指鳞伤，挑不出一个好指头，恐怖得要命。这一天测 15 次血糖，咋扎？

读不出任何励志性。只读出糖尿病人要想做常人同样的事，需要额外付出多大的代价。只读出若无必备的条件和资源，如此铺张地冒糖尿病之大不韪，对于我们糖友来说，是多么不可思议。

还有一些别的体育明星，如：从小就患有 I 型糖尿病的美国 NBA 球员亚当·莫里森，勇战糖魔，夺总冠军；不清楚何时诊断为 I 型糖尿病的赛艇选手史蒂夫·雷德格雷夫，是奥运历史上仅有的在连续 5 届奥运会上均至少获得 1 枚金牌的 5 名奥运选手之一（估计是糖友的唯一）；我国著名乒乓球运动员王涛，则是退役后身体发胖，被糖尿病眷顾，没有荣幸"迎难而上"，等等。

一通百通。得了糖尿病之后，再看"身残志坚"的励志文章，吾都抱着一种抵触的态度。有病了就该养病，尊重病，按病的规律来调节身体。体育明星的逆病而上，只不过证明，糖尿病人真的不适合剧烈运动。拜托，拿一些很会"适当运动"、养生得体的公众人物来做科普、安慰人心，尚可，最不该拿来给糖友励志的，就是"反身体"的体育明星！

2017 年 2 月 10 日

一篇改了 24 年的作文

我想起了大约小学二三年级时的李老师。

仅记得他姓李。都 50 岁开外了，个头高大，有 1 米 80 吧。一件深蓝色中山装穿得一展二展的，梳背头，皮肤白白，很整洁，不戴眼镜，颇具老知识分子的风采。李老师来教我们的原因，好像是那学期我们的女语文老师生孩子，学校一时找不到合适人选，就将已退休的他返聘回来代课。据校长说，李老师退休前一直在市里教学，还是"特级教师"呢。他的到来，不仅我们觉得有点儿豪壮，对我们村小学的那些老师也充满吸引力。他的第一堂语文课，是教孟浩然的《春晓》，教室后边就坐了几个观摩学习的老师。

这么多年了，一读《春晓》这首诗，我就想起李老师。他腔调轻轻地、缓缓地给我们朗读：

"春眠～不觉晓，处处～闻啼鸟。夜来～风雨声，花落～～知多少。"

他的普通话，像广播里的播音员一样标准，好听得令人窒息！我之所以在"花落"之后加了俩"～"，是为了表现李老师朗诵至此，故意拉长声调，仿佛诗人还要认真地想一想，叹息一下，才不得不吐出下边的"知多少"似的。这和我们请产假的女老师大不相同。李老师眼睛还不看书本，笑眯眯地和我们做视觉交流。我们像中了魔一样，也目不转睛地看着他。但他实在太投入，弄得我们偶一和他目光相对，都不好意思地赶紧避开，勾下头窃笑。感受奇特。我们这些大米乡的农村孩子，哪见识过这呀！他一朗读完，我们几乎有一种想鼓掌和喊口号的冲动。

李老师让我们自己放开声音读三遍。我们不自觉地模仿他的腔调开始读，而不是像过去女老师喊一声："春眠不觉晓，预备——起！"我们就仰着脖子哇啦哇啦那样溜吼。

我们读，李老师开始在黑板上板书。他背对我们，两腿微微弯曲，左臂撑在左腿上，一笔一笔，很慢地写。一会儿，一幅工整的楷书作品出现了。真好看！跟印的一样！不知何时，读书声没了，大家只看李老师用粉笔在黑板上写，粉笔不时发出摩擦黑板的"吱吱"声。我们从来没见过这么好看的字，都惊呆了。那几个听课的老师也悄声表示佩服。我一直渴望写一笔好字，保不齐就是从那一刻的震撼开始的。可惜，我至今都觉得自己的字写得恶心。

李老师唯我独尊地写完，开始逐字逐句地给我们解释。这解释，貌似弱智到好笑，但对于小学生来说，很正常：

"眠，就是睡觉的意思；春眠，就是在春天里睡觉的意思；晓，是天亮的意思。那么，谁能把这一句连起来说一下呢？"

当然，李老师叫了我。我挺着胸脯爽朗地答道："在春天里睡觉，不知不觉天就亮了！"这回答，智商也就相当于当时那么大的我，但我

当时严肃得很，感觉大获全胜。李老师笑了，且还是那种夸张到惊喜的笑："嗯！回答得很好！我们给这位同学鼓鼓掌好不好？"这，又是一大新鲜的不同，教室里响起的掌声因而分外热烈，像雨打石棉瓦棚，一直响到我写这篇文章的现在。

另一件事，是李老师为了鼓励我们多阅读，带领我们像课本上的城里小学生那样，在我们土里吧唧的教室后边，创办了一个"图书角"。他从老师们的办公室搬来一个旧书架，修了修，同学们每人从家里拿来一两本书，李老师一个人就拿来一纸箱！他还从家里搬来两盆花：一盆海棠，一盆仙人球。见状，我们也搬来了菊花、芍药、大丽花、万年青之类，我从家里拿了一盆玻璃翠。这些在农家司空见惯的植物，一陌生地搬到学校，就像我们这些在家不过是普通的孩子，一进学校就变成了身价倍增的社会主义花朵一样。

普通话、书法、图书角、植物架，均为我们先前所未经历。李老师一时引领风潮，别的班也模仿我们，办起了"图书角""植物角"。但我们觉得，这是他们羡慕我们有李老师，对他们的跟风行为嗤之以鼻。

在代了我们一个月课左右时，李老师突然不来了。校长临时代课。校长告诉我们，李老师病了，中风。可见，李老师当时年龄确实不小。我们都吓坏了。班长提议，去看望李老师，被刚代表学校去看望过的校长劝阻了。但校长同意我们每人给李老师一件礼物，由他再去探望时捎去。第二天，班长收时，却发现大家并拿不出什么像样的礼物。于是决定，改为大家都给李老师写一封信。这得到了校长的赞许。现在想来，那也是我们真刀实枪第一次写信。我在写"听说您的右半身不能动弹了"时，"弹"字不会写，还写了拼音。

大约过了两星期，李老师回信了！校长让班长给我们朗读。大意是：谢谢同学们这么关心我的身体，这封信是我右肢刚能活动就给你们写的。以后我可能再也不能教你们了，你们也许就是我教的最后一批学生了。你们不要挂念我，要把学习搞好。只要你们学习好，我就心满意足了……

自然，我们不少人都哭了，教室里响起吃面条般的"咝儿喽"声。

读完，又让我们传阅。李老师的信，自然比我们写得好。尤其是那一手漂亮的钢笔字，传阅时，让我们喷叹不已。这还是他右手刚能活动时写的！

打那以后，我就再没见过李老师，也没任何联系。想来，李老师应该彻底回归退休养老生活了。如今，说不定已作古了吧。

1993 年 3 月

附记

这又是一篇出土文物级的文字。写于 1993 年吾上师范时，被文选老师王好连当范文在班上读过，并给我打了 95 分的高分。含有这篇作文的作文本，竟有幸被我保留了下来。隔几年，偶尔找出来，就读一遍、改一遍。总也不满意。拿笔一算，已 24 年矣。今天，总算整理了出来。

王老师在文末的红批曰："文章中心很突出，构思很巧妙。抓住一节课，表现出了李老师的个性。语言流畅而优美，很有文采。叙述、描

写、议论、抒情相结合，使得文章味道十足。只是有些地方笔力显得不足。总的来说，该文不失为一篇好文章！能否再加以认真修改？"

能。这一改，就是24年！

我写李老师的作文，被王老师谬赞，遂敝帚自珍，倒非全是"不悔少作"的自大，也非后来"笔力"足了，"行年四十而知三十九年非"，而是另有深层原因。后改前作，本就是不忠实于自我的表现。咱非名家，不必有此顾虑，只管改。改时，我不止一次想到：到了这个份儿上，此文早已超出纪念李老师的意义。若非此文，我都忘了还有过这么个老师。这类学生气十足的作文，也只有学生时代才写。学生时的作文，又总被我们不当成写作，纯粹是为了完成作业，写完即丢。因了王老师对我这篇作文的批改和鼓励，我对为人为文，多了一个维度的思考。

王老师用红笔画出的很多句子，如今看，都是在强调语言的形象化。他在"一笔一笔"下边批注："叠词，好！"我也觉得好。今天的改定，几乎都是按照他这个语言要求进行的。之所以改得敢捧出来了，也是这种语言趣味改出来了，而不是别的。记忆一旦形成，是不会长大的。我的文笔，甚至到现在都超不过上学时。

慢慢看，王老师的字写得也很自如，很好看，比我写的好上一百倍。

在我们毕业那年，适逢《汴梁晚报》创刊，王老师弃教，应聘去当了记者，一直干到现在，已是报社的主要领导。我和他也没啥联系。我们也是王老师教的最后一批学生。我虽学的师范，毕业后却没教过一天书，没批改过学生的作文，倒是当过多年记者和编辑，批改过许多记者的稿子。我编稿子，脾气是很臭的。我希望，那些身处三尺讲台的老师，多像王老师批改《李老师》这样批改，而不要像我。哪怕，你们批改过的作文，十有八九，都会被学生扔掉。

我们学写作，前半程像苍蝇从瓶子里竭力往外飞，当然很可笑。后半程像苍蝇偶尔飞出瓶子，又向瓶子回击，当然也很可笑。每当我们回首时，就会发现，自己依然是一匹跌跌撞撞的苍蝇。当我们想找一个瓶子休息一下疲累的心时，瓶子早已远远地退去了。谢谢李老师、王老师，谢谢以前对我的成长有过影响和看护的所有师长和朋友，我经常在心里怀念你们。

2017 年 2 月 12 日

思想的碎片

▲　有时候，给学习者一个过高的榜样，他看了以后并不会觉得信心倍增，而是绝望。

▲　达·芬奇保持旺盛精力的秘诀：每工作 4 小时，就睡一会儿。我不禁自问："你有值得自己这么投入旺盛精力做的事吗？"

▲　等待太久得来的东西，多半已经不是当初自己想要的样子了。

▲　3 岁，是介于幼儿和小少年之间的年龄。儿子关心的只是好吃的、好玩的，偏重于物质层面。内在的性格还没成型，外在的追求和攀比还没意识，对异性的好感还很懵懂，比较好哄。再大，就转入小少年、少年、大少年去了。5 岁，就属于上年纪的小朋友了。

▲　人们对"拆二代"的看法，与"富二代"、"官二代"相比，少了一些道德、原罪层面的愤恨和指责，多了一些吃不到葡萄说葡萄酸的

鄙夷和侧目。"拆二代"的暴发户特征更合法、直白，类似彩票中奖。

▲　"不动产登记试点无郑州，郑州的房多多们暂时可以缓口气了。"网上说。

这凸显了部分人群对既得利益的担心和大多数仇富人群欢庆式的预期。类似土改队来收拾地主了，贫农就开始庆幸自己的贫穷和卑微："从此大家肩膀一般高了！"其实，这只不过意味着地主保存财富的方式发生一次转移而已，绝不会分给你一分。

▲　官员的维权，像其升迁、罢黜一样，是与公众无关的另一个通道内的事，民众都处于无关的遥望、麻木状态。

▲　再骂贪官多，也不可否认，现有的官员也是按照某种优胜劣汰规律遴选出来的社会精英的最大公约数的集合。他们的机智、才华、人格魅力，让我们放心地交由他们管理这个政府。舍此无他。

▲　纪念品是一种提醒。事儿过去了，东西还在。

▲　我们总是像智者一样劝慰别人，像傻子一样折磨自己。

▲　不能用攻击别人的不足，来反证自己的完美。

▲　鱼之所以被钓，是因为不沟通。

▲　奔着减肥去，却沦为健身——跑跑总比不跑强。

▲　我和城市的关系：马桶、垃圾桶、快递。

▲　他肚大如鼓，肚脐眼儿深深地凹下去，像钉了钉子又鼓起来的皮球。

2015 年 3 月 17 日整理

札记·浮生

▲ 事实，只能用事实翻过来。

▲ 思考的人，才更容易吸收别人的思考。

▲ 花不可能自己搬着花盆行走，人不可能自提头发离地。

▲ 中国人不信任所有的成功人士。

▲ 不遗余力地、条件反射般地自嘲，也是极好的态度。

▲ 古代没春运，只有回家。

▲ 热衷于聚会，是我们认识到自己弱小的表现。

▲ 嗑瓜子多了，难免嗑到坏的，但这不能否定瓜子的好吃。

▲　最大的大扫除是搬家。

▲　最好的锻炼，是与挣钱有关的顺带。

▲　收停车费，已成为制定与执行规则水平最低，又最理直气壮的工种。

逮谁都跟人家欠他很久似的："把停车费交一下！"

也对。他都守车待你半天了，你才姗姗来迟，他当然冲上来就伸手要钱了。

▲　无论宏观还是微观上的信息不对称，我们都无法解决。

▲　"老张，你咋保养的呀？都40多了，看上去真的跟40多的人似的！"我在微信上这样评论一位女同事。

▲　"用养猪喂药的方式对待你的父母，能给你的父母延寿10年！"——某兽药厂的王总这样说。

▲　"你们权当我是他的小三好了！"

我认识一白富美，她比其老公小13岁。一起参加老公朋友圈的聚会时，她都主动这样声明。

▲ "这都吃饱了——溜边儿扯沿儿的！"

我妈给我儿子和我侄子摊煎饼，俩孩子嘿囔嘿囔吃了极多，我妈这样说。

▲ 有时候，吹嘘一句假话，比标榜一句实话，更能取得别人的信任。

▲ 不在佳节时示爱，不推销商品，不讨红包，可谓微信三美德。

▲ 糖尿病人该咋做一个美食家？

答：这辈子就别想了！

▲ 有人在操场上大口地呼吸着新鲜的雾霾，打篮球锻炼。

2017 年 3 月 19 日整理

二辑 · 读写

无论经济如何动荡，精神的底盘总是恒定。有了这个管道可钻，好啊。还有最好的陪伴，还可与自己对对话。抽去读与写，只剩下庸碌焦灼的病壳，人生还有何趣味可言！

助王昆水修家谱记

　　因太阳能生意合伙，常出差来山东淄博周村，不住酒店时，就住三哥家。三哥名王昆水，家中共兄弟 6 个，他排行老三。前几年，三哥老伴病逝，唯一的儿子又移民加拿大，他就一个人守着一栋大别墅住。我和其他合伙人不定时地前来打扰借居，客观上也填补了他的一些寂寥。

　　上次仲秋来住时，闲聊所致，三哥取出一叠用一张发黄的报纸包着的古旧文书给我看。

　　这是一些王氏祖上珍贵的地契、房契、过继子嗣、分摊祖坟护茔地之类的原件，最早的一份竟是嘉庆十二年（公元 1808 年）的地契，已经 206 年了！多为用毛笔手写，到了光绪年间，才开始有官府印制的格式公文。纸张皆发黄发黑，还有一份写在布上的道光十八年（公元 1838 年）的过继文书，都成红褐色的了。好在古人所用均为棉纸，虽纸色有变，仍纸质绵软，没有发脆或折叠断烂。就连用于包裹的报纸，都是 1990 年 9 月 10 日的《大众日报》。

　　"太难得了！这简直就是文物！"我说。

　　三哥告诉我，这是他大哥王昆顺给他的。大哥对他说："你看看这些东西有用吗？没用的话，我就扔了。"凭着一种直觉，三哥判断不能扔，就拿回来藏入书橱。他也曾出示给几个我这样的客人看。看过，也仅仅是看过。直到被我看到。

"大哥是从哪儿（得）来的？"我问。

"我父亲交给他的。"三哥答。

交谈中，三哥表现出极强的想整理家族历史的欲望。我对此也很感兴趣。于是，一拍即合，我决定以这些文书做基础，帮三哥梳理一份家谱。三哥对此十分高兴。

今天早上，我小心地将这些文书摊开在三哥家二楼的客厅地板上，深入研读，并与三哥一起讨论，开始了打捞王家上溯300年左右的历史之旅。

谁说文书没有用？二三百年过去，族中的先辈陆续逝去，待我辈试图打捞历史时，只剩下这些文书，供我们推论、设想。没有这些证据，我们的记忆就失去附着和印证。

谁说合同有用？这些卖地契、卖房契，签时俱列明细、找中人作证、有了新情况还要添加附件作补充，生怕说不清楚起纠纷。现今，这些土地和房子在哪里？

只有家谱、过继文书和分祖坟地的文书，才对打捞家族历史提供直接的证据！而家谱，又加入了许多后代不断选择的痕迹！

经过一上午的徜徉文字、神交古人，我在一卷三哥找出来的类似壁纸一类的又厚又高档的大纸上，用三角尺比着，画出了王氏家族的谱系图。

"这样的吗?!"第一次看到自己家族的繁衍脉络清晰在眼前,三哥有眼袋的双眼瞬间上扬,露出了夙愿终偿的笑容……

2014 年 11 月 9 日午记于淄博周村

写家谱的意义

　　给三哥王昆水写的《淄博周村王氏家谱》，今天终于寄走。明天，他就可以收到了。我仿佛完成了一项极有意义的写作。

　　不经意间，我竟写了自家和别人家的两份家谱。都是纯手工原创，没想过也不知道去参考什么，仅凭着一种探索性的接近感去努力，一点点、一步步地，就那么写出来了。给我的感觉，不是我在写，而是每个家族的历史就在那儿，我只不过努力一番，找到了它而已。在我们不见它的这么多年里，它一向就在那儿。找到了它，它就跑不掉了。从此，它就属于我和它所属的家族。

　　本来，像给自己写家谱时那样，我也列了一组题目，准备当作"修谱感悟"，附在三哥家的家谱之后。到了后期通读已粗具雏形的谱稿时，我忽然认定，那样太喧宾夺主、画蛇添足了，遂舍弃。现在，打印好的家谱寄走了，"可交付性的成果"完成了，我忽然又生出一丝偷懒的不安，决定趁妻儿都已睡下的这个难得的休息日的晚间，打开电脑，将近期的一些感触写一写。

　　我悟到，像三哥一样，每一个家族都有想写家谱的人。然而，通常

情况下，我们又都没有家谱。写家谱就是寻根。寻根透出的是对失根的恐惧。我们想借助于寻根，打消一部分失根的恐惧。这种恐惧，折磨着共同的人。据说，三哥的父亲当年也曾试图与其他王氏分支联系叙谱，甚至还去传说中的祖籍地"高苑县信封窑"寻访过。真实情况如何，我和三哥驱车遍访老辈人无获，乃父又无文字留下，不得而知。今天，在三哥的父亲去世10多年后，其众多儿子中的一个，三哥，步父后尘，也想做这件事。我仿佛看到，昔日乃父的身影，又在儿子身上复活了。三哥的行为和乃父的愿望，随着这本家谱的定稿，形成了某种尘埃落定般的终结。三哥等于完成了先父的遗愿。

一代又一代，都有寻根的人。或者，一代又一代，早晚都渴望寻根。寻到之后，就成为一种惠及合族的共同的记忆。这，或许就是写家谱的意义所在。

不过，就我的感受而言，投身于写家谱者与只享受成果的家族成员之间，存在一个根本性的不同：写家谱者从启动探访和写作那一刻起，像焚烧的向日葵一样投入，到了写就的那一刻，却忽然跌入一种失落和迷惘，不知自己做这件事的意义是什么，或意义有没有先前觉得的那样大。

打捞家族历史，说是要尽力找到家族成员记忆的最大公约数，其实，不过是落个让自己死心而已。面对我们失根的必然性，阶段性的寻根又能怎样？那么多的人，连自己的老爷爷叫什么都不知道，照样一天天地过。我们弄清楚了八代人、十三代人，找到了一个给自己交代的根，结局不还是和他们一样一天天地过？

好在，这种追问，会随着其他成员读到时的兴奋和赞叹，找到解答和获得些许安慰。家谱是最适合全族成员阅读的文献。"阅读是创作的延续"，搁到家谱上，比其他创作更适用。

毕竟，我们有家谱了。有了，就比那些没有的家族多了一份硬硬的底气。

我们不能因为总是问不到答案，而不动身去寻找。我们不能总是无数次在面对同一个家族历史的追问面前被挡住。当我们已经越过这层阻挡，把答案找回来，就比那些从未动身的家族多了一份宝贵的财富。也许，有的家族成员并不在乎。谁都可以不在乎。但是，你在乎。它在乎。那个在我们不见它的这么多年里一向就在那儿的家族历史在乎。这就够了。

经历了这种追问，我想，我们就不会再怀疑写家谱的意义，也更接近写家谱的意义。

2014 年 12 月 14 日

文学化的郑州到底是什么样子

算起来，我成为郑州人，或曰取得郑州户口，已经十二三年了。但是，逢被问及"你是哪儿人"，我总是说："开封人。不过已经在郑州生活十来年了。"后边的注释，也说不出为什么，大概，是为了更精确些吧，别让人家以为，我是来郑州办事儿的。出了河南，就简单地答为"郑州人"了。

我有一种模糊的认识：在郑州，我们这些非原住"移民"，占绝大多数，几乎全是；老郑州人，已经被我们这些外来人淹没，可以忽略不计了。况且，郑州人而曰老，也颇让人不知所指。正宗的，大约只有那些都市村庄的才算吧。偶识《妇女生活》主编、作家许建平后，我这种认知才得到一点儿校正：既非都市村庄的，又是老郑州人，还是有的。

建平兄是那种即使到了他那个年龄，依然风韵犹存型的男人。个高，身材匀称，脸俊，双眼皮儿，寸发似煤堆中落了雪，仪表堂堂。

那是一次文友聚会。彼此带的书赠完了，我们聚后又微信联系，互相补寄。我就收到了他厚墩墩一本中短篇小说集《生存课》。凡40多万字，32开本，正常应排到500页，达到砖头恁厚，而他仅排了392页，字就异常小，看起来颇不适应。几十篇小说印出来，却没时间落款，我只能通过"呼机""2 元公交""黄面的"等元素，约略地推断一下成稿时间。窃以为，文章是走过的路，书是文章的归宿。出书，等于给读者看一个作家的射门集锦，不逐篇署上写作日期，就无法更好地让读者还原作者踢球和训练过程的辛苦。然而，太多的书，都不注重这一点，有的写家，还故意不注明写作时间，令我徒唤奈何。

这本书，我用了一个春节的时间，一篇不落，细细地读完。过年期间读，就意味着会带着这本书回老家、去丈母娘家，等于带着一本写我自己所在城市的小说，到处走亲访友，格外容易思考写作和自己的关系。

建平兄生于 1961 年，是土生土长的郑州人，上的又是郑州大学，毕业后在郑州工作，等于说一辈子都没离开郑州。我没问过他父辈与郑州的渊源，读了他获河南省第一届文学奖——青年优秀作品奖的中篇小说《槐树街上的浪漫主义》，我知道了，"他"的父母都是"新中国培养出来的第一届理工科大学生"，远在"西北兰州的一家设计院工作"，"他"从小就被寄养在"槐树街"，和爷爷奶奶一起生活，直到考上大学。由此可知，他并非"迁二代"，而是从爷爷辈就已经在郑州生活了。

吃饭时，他用如假包换的正宗河南腔，对《莽原》主编李静宜老师说了一句话，给我印象很深："读了余华的《在细雨中呼喊》，我跟害了一场大病样哩，啥都不想写了。他那些感受，我都有，人家写得却恁好……"由于当时还没读他的作品，我不明就里。读了他的书，又对应上余华生于 1960 年，我才约略顿悟：原来，并非建平兄矫情。这是一

种同龄文人之间发自内心的佩服和比较之下的幻灭感。他的短篇《明天》《断指》《情人节》，写得丝毫不比余华差。他的压轴短篇也是书名《生存课》，极短，令我读后拍案叫绝。

我是 2002 年春来郑州的。彼时，整个城市的东把边，就是 107 国道（现在叫中州大道了），黑天白日地"嗡嗡"着全国各地的大货车和长途车。107 国道以东，还是一眼望不到边的农田和农村，春夏秋天应该以绿色为主，冬天一概像黄河沿线的乡村一样，灰漠漠的，风沙迷眼，荒凉无比。现在，这里已是城市得不能再城市的郑东新区了。来到郑州半年，也就是从 2002 年秋天起，我当起了房地产记者，一直干了 10 年。这个职业决定了我对这个城市外沿的刷新和操作这些刷新的开发商的熟悉。

采访位于城东的"未来花园"的开发商时，他们告诉我："盖这个小区时，这儿还是稻田呢。"我信。正如我在一个已经面目模糊的小区大门口停车，进一家餐馆喝碗胡辣汤时，心里却在对应："当初，这间房子就是它豪华透明的售楼部。"开发商就是这么厉害，能将城市的发展快到稻田转眼变小区，售楼部瞬间成小餐馆。

整个郑州就这么被肆意蹂躏着。过了两三年，脚手架一撤，路一通，人和车立刻就流过来，乌泱乌泱的。给我的感觉，开发商在不停地娶新娘，每一个工地都是他们办一回喜事，姨太太一娶回来，面纱一揭开，就任她像所有的存量建筑一样，褪去光鲜，人老珠黄，泯然众妇，他们又喜新厌旧地娶黄花闺女去了。

当年（网查，系 1954 年），省会从开封迁来，选址就位于郑州东边的农田地。真正意义上的老郑州城区，在西边，即郑州市政府所在的那片区域。省政府新来，官大一级压死人，不屑于与市政府搅马勺，就在一片农田上画棋盘一样规划了起来。萝卜快了不洗泥，路名都懒得起，什么经一路经二路一直到经八路，什么纬一路纬二路一直到纬五路，什么政一街政二街一直到政七街，什么黄河路红旗路红专路丰产路，统统透着打格子一样的懒省事儿和那个时代的特点。整个过程，绝不亚于"呼啦啦"建起一个郑东新区。从那时的郑州原住民角度说，1954年就建起了一个"郑东"新区。

省会迁来7年后，许建平出生。他家所在的"槐树街"，就位于省政府迁来后大兴土木波及的一公里半径的范围内。他在《地雷战》《槐树街上没有树》等小说里不断交代："槐树街"紧挨商代遗址的土城墙，离省政府很近。当然，我们说的是老省政府。如今，新省政府又向东迁移了几公里，搬到郑东新区去了。

我总在想，从建平兄记事时起，这个城市就在变化、变化、变化、变化，不亚于我这十来年所见的巨变。一个人的记忆，随着身处的城市桑田变楼海，又该发生怎样的层叠、累积，存留下怎样的映像？到他捉起笔，对着电脑，要写出来时，是怎样的？一个老郑州人的"文学化的郑州"，到底是什么样子？

我很好奇。因为我就说不出，自己心目中"文学化的郑州"是什么样的。我所认识的生活在郑州的文人，都是和我一样的外来"移民"。我们的郑州，是半路投奔来的省城。我们心理上和文学上的故乡，只能是各自的老家。进一步说，我是郑州并开封着，建平兄是一直郑州着。

就我所知道的河南作家米说，都是文而优或混而优则郑州。像建平兄这样正儿八经的郑州人，和"文优不优、混优不优都得郑州"，郑州也因他"文而文、优而优"的，还是唯一一个。他只有一个郑州。这儿再难写，再难文学化，他也只能写它。

我曾看到不止一个作家表达过这个意思：从写作的层面讲，一个人最好逃离故乡，再回到故乡，或像我这样，与故乡在时空上若即若离。于是，我们有了鲁迅笔下的鲁镇，贾平凹笔下的商州，莫言笔下的高密东北乡，刘震云笔下的延津，余华笔下的江南小镇，苏童笔下的"香椿树街"，奈保尔笔下的"米格尔街"，等等。建平兄一辈子都不离开郑州，还能近距离地写郑州，像一种令我佩服的"都老夫老妻了还能写情诗"的本事。不过，我想，建平兄还是依靠考上大学、参加工作、住进单位分配的楼房等，完成了与生他养他的"槐树街"的分离，保持着精神上的距离。

事实上，在一个乌泱乌泱的城市生活，想实现与旧有系统的隔离，有时候就是换一个呼机号的问题——建平兄小说里一再出现呼机，似乎一次也没出现手机。不是吗？郑州足够大，大到，同隐于一个金水区，两个人几十年都可能没有交集。另外，也没硬性规定，不离开家乡就不能写作。老舍笔下的北平，王朔、冯唐笔下的北京，王安忆、金宇澄笔下的上海，莫迪亚诺笔下的巴黎，谁能说不与之身心对应、互相成就？有些作家，还体现出故乡的二重性甚至异数性，如托尔斯泰既写莫斯科、彼得堡又写亚斯纳亚·波利亚纳，如贾平凹既写商州又写西安，如二月河更像一个身居九重俯瞰天下的宫里人，如加西亚·马尔克斯写的是整个拉丁美洲。

阅读建平兄的作品，是我对种种"文学化的郑州"的想象和预期的落实。之前，没人给我这种可能。

感谢建平兄，他让我得到许多收获，长出了一口气，放下心来。又勾起我许多不满足：还应该有更多，还应该是别样的，还没写出来。还令我产生一丝疑惑：也许，郑州就是这个屌样子吧？它就是一个沙土冈上膨胀起来的城市，一个火车拉来的城市，一个因省会迁来而稀里糊涂发展起来的城市，有啥可写的？郑州就是中国的十字路口嘛。去他的历史悠久！去他的人多！去他的不堵车！去他的没有雾霾！去他的整洁美丽！

我常戏言：河南人在中国的形象，就是中国人在世界上的形象；开封人在郑州的形象，就是河南人在中国的形象；而我们大米乡的人在开封的形象，就是开封人在郑州的形象。这么说，倒不是妄自菲薄，只是想指出，郑州客观上的文化沙漠性和不受待见性，以及难文学化的程度。当然，这也仅限我们说说，就像子女可以议论自己的父母有多烦人，却绝轮不上外人指手画脚一样。

毋庸置疑，一个城市的作家，总与自己的城市相吻相融；那个城市的精神气质，也会折射到久居于此的作家身上。

记得在网上看过一个汽车广告，请冯唐代言。

冯唐开着一辆新出的红色小巧的高档汽车，用自己磁性得随时随地都准备勾引女性的声音，朗读自己的一篇写北京的散文作画外音。他一会儿很文艺范儿地脖子里搭根围脖，抄着黑色大衣兜，在宫外红墙仰头

深思；一会儿又很装潇洒地在鸟巢外张臂陶醉，享受北京国际化的雾霾下的阳光空气；一会儿又出现在三里屯酒吧街，对着外国妞裸露的大腿晃动的大奶淡然一笑。总之，传递出这款车"系出名门，高贵不贵，开着它想怎么耍流氓就怎么耍流氓"的潜台词（我觉得）。

我想，若有商家也想这么在郑州做，请许建平代言，再合适不过了！相信生活在郑州的其他作家，也没人愿和敢与许建平争。

建平兄应该开一辆桑塔纳2000。不是说他开不起更好的车，而是"他"习惯被吃请，来接"他"的车，黄面的也有，破面包车也有，警车也有，有时候"他"就自己去，或坐公交悠达，或骑一辆"破旧的二八型自行车"；河南人多，财政底子弱，他又是体制内的人，有各种制度限制。总之，既能小腐败，又不失文人的面子，开桑塔纳2000比较合适。

建平兄开着一辆桑塔纳2000，用他如假包换的正宗河南腔，朗读自己的《郑州谣言》作画外音：

> 有时候我总在想，我们的城市郑州，我们的胸襟坦荡、虚怀若谷、时刻准备着接纳与拥抱八面来风的中原城郭，有时候又总像是一只头重脚轻的风中陀螺，东西南北中，每一阵风刮过来，它都会身不由己地跟着起旋儿，慢半拍地跟着浪上个十圈儿八圈儿的……

画面中，他一会儿出现在稿子堆积如山的《妇女生活》编辑部，履行主编的签版义务；一会儿回到他阔别已久的没有树的"槐树街"，对着一截三层楼高的土城墙发呆；一会儿又绕过密如蛛网的立交桥，下了桥却堵在"糖烟酒会"的门口。镜头一闪，伴随着他"浪上个十圈儿八圈儿的"画外音（可多次 RAP 样地重复），更多地跳出：他一会儿在二七塔的人流中举着玫瑰等"他"的初恋情人"影儿"；一会儿在"白云苍狗烧烤不夜城"里甩开腮帮撸羊肉串；一会儿在"吃驴一条街"的优胜路喝二锅头吃驴钱；一会儿趴在洗浴中心"按摩——松皮"……想想这个视频，我都替他激动！

当然，郑州也不只是许建平的了。从今往后，郑州又是我们共同的。不管我们愿意还是不愿意，这里都将成为我们的第二故乡和我们子女的唯一故乡。正常情况下，我们也将终老在这里。不管我们有意识还是无意识，都会写郑州，都需要琢磨怎么写它。我们内心的郑州是什么样的，"文学化的郑州"就是什么样的。包括我们在内，越来越多人"内心的郑州"汇集起来，就可以为外人阅读建立的郑州，贡献一个印象、一块旧砖、一根茅草。从这个意义上说，建平兄给我们开了个好头，建了个样板，提了醒，画了标尺。就是没设门槛。郑州的开放和包容性，在他身上体现得像烩面一样随意。

2015 年 3 月 5 日 ~ 6 日

怎样读读不完的书

——在全民图书馆"真"书友分享会上的演讲

各位全民图书馆的"真假"书友：

大家下午好！

我是侯建磊。非常感谢酉长蜀黍赶鸭子上架般的强势邀请，让我来给大家分享一下我的读书体会。

我的简况，主办方已经用微信发给大家，替我吹嘘过了。那些内容，是我之前应一次"签约作家"之类的活动的要求，不顾羞耻地写的，总体目的就是：给生人造成一种我写作水平很高的假象。其实，我一没知名度，二没影响度，唯一有的是和酉长蜀黍的熟悉度。所以，有必要当着主办方的面，把那里边的遮羞布扯掉，不然，我就没脸给大家说话。

我确实当过 10 年房地产记者。那些经历都是真的。也确实出过两本小书，但实在写得丢死人，可由于它们已经出生了，明白无误地向世人证明着我就是它们的父亲，我也就像养了俩极丑的孩子一样，认了下来。没有它们，我连有没有生育能力都值得怀疑了。孩子一出生，就终生跟着你了，总不能回炉再造吧？内心里，我知道自己写得很差。但那里边有一个"资深书虫"的说法，我毫不客气地接受。要没这一点儿自信，任凭你酋长蜀黍如何勾引，我也不来讲。我的写作，基本上就像作家毕飞宇说的："一个好吃的人终于当了厨子。"好吃，是一定的，水平还很高；当厨子，我水平还很差，就是一个学徒的水平。当然，我现在也不是一个以读书为职业的学者或书评家，更不是什么以写作为主业的作家，我每天和大家一样，也得打卡上班。我的那个小公司，就是俩苦逼青年创业的公司，现在已经64个人了，每个月的工资和费用50万，但我依然是个穷光蛋。过几年，若公司真做成了、上市了，我再憋着劲儿给大家吹牛。

所以，我来和大家聊聊读书，就有这么几点优势：一、我的阅读和写作都是业余的，每天也很忙，我们聊起来，非常容易沟通，互相的参照性也强一些。二、据我打探，作为全民图书馆的书友分享会，我是第一期。这就好办了。前不见古人，我没有压力，讲成什么样都无所谓；我奋不顾身地打了头阵，当了锅底儿，后来者无论往哪儿走，都是往上走。不至于说，你第一期就请来了二月河、刘震云，后边儿没人敢来了！三、我讲砸了，还有酋长兜着，是他请人不慎，大家都去找他补损失就行了。大家要是中间听不下去，可以站起身就走，不用客气。

说话多了，难免胡说八道和嗓子疼，我赶紧进入自己的照本宣科。

我给大家分享的题目是：《怎样读读不完的书》。

本来，这是我过了春节假期刚上班时想写的一篇文章。这篇文章写了1000多字，我忽然觉得，写这么一个道貌岸然题目的文章，非常的

面目可憎，不想写了。就在这时，酋长的电话来了，命我作这么一个主题演讲；我当时拒绝得非常干脆，觉得是他喝多了；可挂了电话，又禁不住续写起来，并一口气写完了；写完了，读一读，还行，本着不白写的意思，我似乎又想来讲一讲了。我还把另一篇《读书没时间论》的文章续在后边，显得更完整一些。下面就是我写的具体内容——

我一本接一本地读书，偶尔，也会在选择上烦恼。

刚开始时，指还没养成上量的阅读，每天只爱好式地阅读时，我会觉得，无书可读，或不知读谁的书。随着这几年有意识地扩展，我的读书量不断增加——2012年27本，2013年猛增至79本，2014年88本（今后估计就保持在这个量了）——无书可读，已经彻底不存在了；不知读谁的书，仍存在，不过，发生了微妙的变化——以前是对作家了解太少，除了熟知的几位，不知谁的书好、值得读，现在更多的是为藏书逐渐丰富（我的购书和藏书以每月20本左右的速度增加），优秀的作家和作品，人扯人地聚集到我的书架上，令我陷入一种奢侈的挑选和幸福。

看着已经积攒下那么多热热火火买来，至今还没读的书，我经常告诫自己："够读了，一年不买也够了，下个月坚决不买新书了。"但在读书时，见到别人提到新的作家和书，又总是忍不住抄下来，攒够一批，上网拍下来，有的甚至当即就上网搜买。这种情况占大多数，也是我读书的最大来源，约占六成。底下我会重点说。

排在我读书来源第二位的，是主动发现。读到一篇极好的小说或散文，就上网搜一下作者，买来其更多的作品读。由于偶遇的机缘很小，这种情况大概只占一成，但很靠谱，很为我重视。自己摸索，当然有看走眼的时候。

排在第三位的，是文友推荐，也能占一成。

收到赠书，总是要读一读的。

个别时候，我也会受一些新闻、书评和排行榜的忽悠，大约能占剩余的两成——虽然它占两成，却排在最后一位，连不占成数的赠书都不如。可见，我的依据其实不是成数，而是可读性，或曰必读性。这里边，最靠谱的是那些大的、著名的文学奖项。诺贝尔文学奖被誉为全世界最好的阅读建议，国内的茅盾文学奖、鲁迅文学奖也可以，别的奖项，越来越弱，但总可当成个参考。但是，报刊上的书评，十有八九会让你后悔不跌。网络上的"最受读者欢迎图书排行榜"之类，靠谱率极低，只扫一眼里边有几本自己读过就行了。迄今为止，作家的死讯，带动我读了两个：一个是渡边淳一，买来他的书，我一口气读了十来本，叹为观止；一个是张贤亮，我也赶紧买来他的书，却不大喜欢。

仔细想来，接受作者的推荐，即通过读书找书，不也是文友推荐吗？立刻，我又告诉自己，还是不一样的。人的交往总是有限的，但爱读书、会读书的人，却是无限的。那些大写家、大读家，有的还已经去世。在你认识的有限的人中，有几个是读书的？更有几人是为写而读、专业化、养成习惯地读的？就我的感受而言，身边的人都不读书。别说找个志趣相投的聊聊彼此最近都读了哪些书了，他们一年也难得读上一两本。真读了，也是出于功用或受新闻影响，奔着管理、励志和八卦故事等去的。更多的，如我媳妇儿，整天就举着手机，翻微信和读穿越小

说。到他们家看看，啥都有，就是没有书架；总算看到一小排书，里边不过都是些讲成功、挣钱、交往的，或心灵鸡汤式的流行读物，小说极少，名著极少，若能再有本最新版的词典，简直就了不得。都说中国人忙于挣钱，人均阅读量少得惊人。这是一种社会大环境造成的个人长期选择的结果，无须指责，也无须强迫什么。我爱读书，正如他们爱当官做生意喝酒抽烟泡妞旅游收藏字画石头一样，没什么对错贵贱之分，不妨碍我们彼此都过得很幸福。因为爱读书，我没有任何特立独行的优越感，也不敢对他们有任何怜悯感，相反，还时常有一种孔夫子式的迂腐和自卑感，无端地觉得总会有人评价我说："瞧那个傻×，成天就知道看书！"我基本上愿意把自己藏在他们中间，像挑着鸡蛋挑子过集市，我不碰你，你千万也别碰我；像一个生活在他们身边的驴友，每天背着包去文学的世界旅行，看到了什么美丽的景色，回来也没法儿和他们分享。

我所谓的"文友"推荐，就局限在那几个不定期聚在一起聊聊的喜欢写作的人之间。可怜见的，臭味相投的我们凑到一起，聊起彼此喜欢的作者和书，差别也是很大的！印象中，受他们溢于言表的推崇，我读了卡佛，却没感觉；读了普宁，却味同嚼蜡；读了一些所谓"80后""90后"作者的东西，一翻就想吐。读后同样激动的，极少，几乎没有。阅读不是上学，喜欢读的书不是课本，文友又不是你的同学或学生，彼此怎能又何必强求一致呢？这也是我越发依赖通过读书找书的原因。在他们面前，我自认人微言轻，听的居多，轻易不敢发表观点。也许，他们也不需要我做什么阅读的推荐吧。

现在专说通过读书找书。我觉得，这是一条最好的途径。

一个进入你喜欢之列的作家，姑且称之为"原点作家"吧，其写作水平自然已经不俗。其可能是一个有定评的大师，我们上学时就已学到，也可能是刚获得诺贝尔文学奖的莫言，或者其他原因令你久已喜欢。每个人都会有自己喜欢的作家，也总会有几个特别想读又因为忙而没读的作家。这些原点作家会使你产生一种好奇："我喜欢读他的书，他喜欢读谁的书呢？哪些书会给他带来阅读快感、对他的写作产生影响呢？"在读他的书时，你竟然发现，他丝毫不隐瞒这一点！越是大作家，越不避讳自己喜欢谁、谁曾对自己的写作产生过启发和顿悟，连自己的写作"秘诀"，也坦然地公之于众。能令他们著文纪念的作家，肯定也是同一级别甚至更高层面的作家，最起码是进入他们视野的作家。越是写作成就高的人，阅读品位也高，这一点，估计不会有谁反对。原点作家本已是比咱身边所有的熟人、文友写作成就高的人，他的阅读品位也是比咱身边所有的熟人、文友高的，听他的推荐，去选择他喜欢的书读，自然比听咱身边的熟人、文友靠谱。

以下，是我的一点儿切身经历：

2012 年 10 月，诺贝尔文学奖的一声炮响，给我送来了莫言。他的皇皇 20 本作品集，让我读了半年之久。按照莫言的指引，我又读了大江健三郎、川端康成、福克纳、余华、苏童，重读了加西亚·马尔克斯。诺贝尔文学奖还陆续送来了爱丽丝·门罗和帕特里克·莫迪亚诺，但我都不太喜欢。

得益于自己的主动发现，我读了阎连科。阎连科也立刻给我开了一

串长长的书单：博尔赫斯、卡夫卡、多丽丝·莱辛、菲利普·罗斯、加缪、托尼·莫里森、奈保尔……

一部《一句顶一万句》，让我彻底喜欢上了刘震云，进而，读完了他全部作品。

贾平凹是我从上学时就喜欢上的一位作家，每有新书出来必读。受他的影响，我买齐了《史记》《古文观止》，买了沈从文、孙犁的书，却读不下去，从此不再听他的。

因读鲁迅，而读孔庆东的《正说鲁迅》、陈丹青的《笑谈大先生》，以及郁达夫、周建人、萧红，等等。一接触陈丹青，立即被其俘获，买齐了他所有的书，读得昏天黑地、直呼过瘾！陈丹青又以海洋漩涡般的勾引，给我推来了木心。在陈丹青的字里行间，我还抄到了布勒东、谢泳、钱穆这三个陌生名字，买来一读，立刻长啸："丹青，不负我也！"他的《笑谈大先生》，让我引为知己，羞于再提自己读懂了鲁迅；他的《无知的游历》，让我无比想念列夫·托尔斯泰，认定，假若我有朝一日去拜访托尔斯泰了，也写不出陈丹青这样的文字……

回到莫言的线上。余华是莫言给我带来的最好的作家。余华的一大箱作品集，让我惊愕不已，后悔没在上学时就和同学一起读他。余华的晒书单，可以用惊艳形容！在推荐读书方面，我认为，余华和陈丹青对我贡献最大，也是水平最高的。陈丹青以一针见血的犀利和持续的思想鸦片，捎带着在旁边摆一本书，勾起你强烈的求知欲；余华则以"呼啦啦"一大箱作品往那儿一砸："你说我咋写出来的吧！"令你不得不臣服，自动去买他开出的书单了：伊恩·麦克尤恩、纳博科夫、亨利·米勒……且无一上当。余华直白地告诉我：福克纳就是他的师傅。他还带我重新认识了几个共同的熟人：列夫·托尔斯泰、海明威、肖洛霍夫、莫言、苏童、菲利普·罗斯、大仲马、卡佛……

苏童的一大箱文集，我全部读完，他又给我带来了格非和阿城……

我发现，中国现有的优秀作家，无一例外，都是被外国文学养育成人。

国内的作家，我基本上依靠翻订阅的《文艺报》，不会漏掉重大的人事和书讯。

可以想象，我的读书之旅上了"高速"之后，发生了多大的变化。我认为，到了这个程度，一个人才基本上称得上爱读书、会读书，在这个层面上的偶尔的选书烦恼，才称得上本文要论及的烦恼。

余华说："文学就像道路一样，两端都是方向。人们的阅读之旅在经过伊恩·麦克尤恩之后，来到了纳博科夫、亨利·米勒和菲利普·罗斯等人的车站；反之，经过了纳博科夫、亨利·米勒和菲利普·罗斯等人，同样也能抵达伊恩·麦克尤恩的车站。"在文学的世界，所有的道路都是相通的。无论你身处郑州还是纽约，只要你喜欢读书，都能就近上车。人一辈子读不了几本书，找书就得慎重。通过读书找书，我算是找到了"坚决打熟，谨慎打生"的方法。人还是要多读老朋友的书，类似要从熟悉的车站上车。以前，我评价自己是"打熟不打生"型的，甚至是"排斥生"型的，上"高速"后就不行了，得在保证安全的同时，"坚决打熟，谨慎打生"才行。不打生，何来熟？——我现在所谓的熟，不都是从以前的打生获得的吗？我们不能龟缩在一个或有限的几个熟悉

的车站，而丧失了更多的风景。

当然，我们这辈子也不可能走遍所有的车站，连走遍中国的都不可能。那么，我们是不是要因为"读不完"而崩溃、放弃了呢？

这个，很好回答："这根本就不是一个问题。"

你见过哪个烟鬼，由于悟透这辈子都不可能吸遍全世界的烟，而放弃吸烟了？

明知自己这辈子都当不上国家总理，你就不想当处长了？

明知自己不能游遍天下，你就愤然拒绝这周末几个朋友串联去黄河边游玩的邀请了？

读书更像健身，你可能一辈子都练不出 6 块腹肌，跑不过别人，你每天的健身就没意义了？

显然，都不是。

对我们爱书人来讲，读书是一种多么不可或缺的高贵的享受，只要读，就舒服、有益。

另外，也是关键，我们根本也不需要走遍所有的车站。

余华告诉我们，伟大的作家都以自己独特的姿态走上文学道路，然后汇集到爱与恨、生与死、战争与和平等这些人类共同的主题上。"什么是文学天才？那就是让读者在阅读自己的作品时，从独特出发，抵达普遍。"他想表达的意思就是，当我们开始为他和莫言等原点作家的作品寻找文学源头时，其实也是在为自己的人生感受和现实处境寻找一幅又一幅自画像。读者的好奇心促使我们在阅读一部文学作品时，唤醒自己过去生活里所有相似的感受，然后又让自己与此相似的人生感受粉墨登场，如此周而复始的联想和联想之后的激动，就会让儿歌般的单纯阅读，变成交响乐般的丰富阅读。你能读多少本书，是和你能吃多少顿饭、吸多少支烟、做多少次爱一样，无须刻意准备就会做得极好的事。无论多少，都是享受，不会舍弃。简言之，读书，其实是在读我们自己。一辈子能找到几个自己喜欢的大车站，抵达普遍，即便不去那些小车站，也足够了。

我的读书方法简单至极："日读 50 页，只能多，不能少。"估算起来，每天怎么都得读一个小时吧。这已成为我雷打不动的习惯。一天不读，就百爪抓心，手脚没地儿放。

我没感觉累，也没感觉更忙，每天都有时间。

抽烟人抱怨抽烟使他更忙了吗？或抽烟挤占他宝贵的时间了吗？

有没有读书时间，并不在于你是否有时间，而在于你有没有养成习惯。

抽烟人总有时间，读书人也总有时间。

如果说，抽烟的比喻不雅，翻微信可以吧？据说，中国人已经平均每 6 分钟看一次手机了，你听谁说，他没时间翻微信了？女人化妆可以吧？你听哪个女人说，她没时间化妆了？关键在习惯。

所以，上边的这句话可以扩展为：有没有干你喜欢的事的时间，并不在于你是否有时间，而在于你有没有养成习惯。

一旦形成习惯，一眨眼就欠自己 50 页，就像抽烟人每天有两包烟的任务要完成一样，读书根本不会挤占你的时间，只会挤掉许多平时不为自己注意的时间：在停车场、饭店、会议室、机场等人啊，蹲厕所

啊，喝酒啊，洗澡啊，开会的边角料时间啊，等公交车啊，坐公交车啊，出差坐火车、飞机啊（这实在是一大资源），无谓的打游戏、闲聊啊，等等，等等。每天一小时，总是有的，还远远不止。你不把这一小时搁到读书上，要么搁到别的事情上，要么大把大把地浪费掉。

养成习惯了，就总有时间；没养成习惯，就总没时间，偶尔努力一下，也总和干其他事的时间打架，无法坚持。

读书成为习惯，就不存在坚持了。因为坚持总与毅力挂钩，跟苦差似的。干自己喜欢的事，没有苦差。反倒是你不让他读，生生地想把他这个习惯抽掉，他就反抗了，还以你想象不到的坚持与毅力反抗。

读书不是一个愿望，而是一个决定。你始终作不了这个决定，就始终读不了书。当你终于作了这个决定，你会发现，一切都是那么简单、烦恼和安宁。

以上，就是我今天的演讲。

该说的意思，说完了。我特别诚心地想告诉大家，听了我说的这些，不要记我的结论，那些未必就对、适合你。我真实的居心是想勾引大家，如果你真喜欢读书，就不要把读书停留在"隔河相望"的状态，早点儿动身，到你的河对岸去。

过去，我和大家一样，总在说，等我不忙了，一定好好读几本书；等我不缺钱了，一定好好写点儿东西；等等。我们对于自己喜欢的东西，读书啊，写作啊，健身啊，真的都处于"隔河相望"的状态。

我想给大家提供一块儿木板，让你搭在你的桥上，感到原来到对岸去并不像想象的那么难。有了我的木板儿，你可以轻松一点儿，容易一点儿，早日多到你的对岸去。

直到有一天，和我一样，离不开你的对岸。

谢谢大家！

2015 年 3 月 21 日·郑州

读邹相《禅心乡韵》有感

老文友邀坐，识新文友邹相。邹相是少林寺主办的《禅露》杂志的主编，比我小 8 岁，微信名"邹相～相爷雅居"。过几日，互赠书，得其散文集《禅心乡韵》一本。读之，有感。

语言和文字的关系，或者说文章和作者的关系，我认为，立起来看，就是一个人。我感觉到，邹相的文章还没撕开，或者说，禅化、佛化、模式化了，跟他的年龄和经历有直接的关系。

写新闻稿时间长的人，写文学化的东西，自己可能浑然不觉，一旦结成集子，印成书，集中给人看时，就会让人觉得有很强的新闻味儿。邹相做目前这个工作应该已颇久，收入书中的大部分作品，也不可避免地带有职业的印记和味道——书名就能让人感觉到。

果然，从该书的后记、序和文末的落款时间得到印证：这些稿子，都是他二十五六岁到 30 岁之间写的。时间跨度不太大。因此，比较纯正、大学生气比较浓。我生出一种由于对他了解不太多，而无法完全衔接上的推论：从他 20 多岁毕业没几年，到《禅露》杂志这个正儿八经、对奠定他社会影响力和自我定位很关键的岗位的过程，比较平顺，没什么波折。

可以理解为，他从大学期间养成的纯正的散文的"气儿"，一直到他30岁的时候，就没有散掉、变异和被污染。不像有些孩子，一毕业就在社会里摸爬滚打，累得晕头转向，早已远离文学，泯然众人矣。有的小孩儿，要么一干体力活，一去工厂，一去汗流浃背地送快递，一养鸭子、鸡，或到处投简历，一年换好几份工作，被经济和城市这个庞然大物压得喘不过气来，晚上或空闲到了网上，就成了暴力语言的情绪宣泄者。要么一做什么高超的职业，就满口理念呀，绩效管理啊，PE呀，K线图呀，市盈率呀，被熏得比较严重，不会说人话了。邹相不是这样。所以，这个工作和他很相宜。《禅露》，一个"禅"，就沾了佛气儿、仙气儿，跟他的性格比较吻合，其职业和文字，因而与社会的喧嚣拉开了距离；一个"露"，标明他们的产品不是有色饮料，也不是矿泉水，更不是自来水。

但也并非人人如此。自己也不能总如此。我的第一本书（诗文集），在收录文章时，就有很强的职业味儿，令我极警觉。之后，自认就没有什么新闻味儿了。据我所知，一些名家，如毕淑敏，本业是医生，业余写作。她谈的，肯定离不开职业，或职业的视角，但文字和文体，尤其是文学性，跟医生没关系。王朔、王海鸰等因写剧本或作品被拍成电影电视剧而出名的大写家，他们的小说，我就看不下去。就是剧本嘛！拍电影像轧油，油卖完了，把剩下的渣饼又印成书卖了一次。

与读邹相目前这些文绉绉、甜丝儿丝儿、禅味儿十足的文章相比，我还是更喜欢那些直白的，有胆又有识，个性盎然，穿透力极强的散文

和小说。鲁迅式的，陈丹青式的，莫言式的，余华式的。哪怕是韩寒、冯唐、柴静式的。带牙齿一些。抛去形式的外衣，直达读者内心的，拿起就放不下。切入，或曰把我拉进去的力量极强，不至于读两三分钟，还读不进去。我相信，邹相也会写这样的东西。说不定，这样的作品，已在他U盘、博客里藏着呢，只是没被我读到而已。

或许，这就是以小人之心，度君子之腹吧。我就打骨子里不相信，现在的年轻人，尤其是比我还年轻的年轻人，他的思考系统一开口就是：我对身边的人充满感恩；世间一切皆是禅。我就不信，他对自己身边一些看不惯的人和事，没写成过文章。他就没什么被挤而发的感慨。他对爱情的感受，全都是甜蜜。他一搭笔写文章，全都是怀念儿时、怀念亲人、想自己的父亲母亲、想老家的吃食，约定俗成的那一套，而没有别的，或只能写成这样。他就没骗过小姑娘？人生在他眼里，真的就是他书里呈现出的样子？你的儿时、你的记忆，怎么就没有触动我的地方？怎么就没有让我读到如解剖自己般的面红耳赤、心跳加快的地方？或曰：读完你的书，能给我留下了什么后遗症，让我时刻想再读你的作品，借助对你作品的依赖，来获得一种治疗和满足？

以上感悟，多有谬误和得罪，请相爷雅涵。

2015 年 5 月 23 日

反着读序

人稍一有点儿名气，或稍一结识几个文友，讨序或为人作序，就免不了。名气越大，越免不了。

"序就是作者信任的第一个读者的读后感"，王朔此话极妙。

序首先要过的，就是被序者这一关。必要的夸奖和吹捧，以及貌似公允的批评，很考验作序者的脾气和功力。弄不好，还被拒序哩！余光中在《为人作序》一文中，谈到各式各样的索序者，由于他在序文中直言受序者的缺点，就真遇到了"拒序"。我由于憋不住，想在给别人写的序里说几句实话，也被拒过。

写序而过关，难度介于陌生人投稿与熟人约稿之间。

这造成，只要读到："尽管小说没有真正的核心事件，线索众多，同时多向推进，但仍是收束自如的，没有分散凌乱之嫌。"或者类似序言中极易出现、语义双关的转折句子，我总是立即断定：完了，这小说肯定"缺乏结构，写得极乱，无法收放自如"！真一读，果然！在感慨作序者苦心的同时，又生出一股被诱骗的厌恶。

老海兄在为我的散文集《安宁》作序时，有这样一句话："尽管，

他的这部文集有点'捡到篮里都是菜'的感觉，但绝不是滥竽充数。"我脸红心跳地明白，他是在委婉地指点我：不能啥稿子都往书里收，这本书里的很多篇什，简直就是滥竽充数！

序，有时候得反着读。越是写作水平没得到公认者的序，越如此。

2015 年 8 月 4 日晨

艺术绝对势利

鲁迅的许多文章，无论以何时的标准看，都不可能登到报刊上的。但都登了，都得了稿费。

《哈利·波特》的作者 J·K·罗琳，用匿名投稿，顺利遭到退稿。

大江健三郎的《致新人》，薄薄一册，6.7 万字，杂文集。用半小时，一翻而过。大失所望。人一出名，啥文字都能出书了，还总能骗得我这样的陌生人买单。

换你做编辑，面对堆积如山、邮箱爆满的来稿，也会崩溃和疲倦。头儿或熟人推荐一篇名人的，你的阅读期待都不一样。很平常的稿子，也不平常了；可发可不发的，也容易发了。

诺贝尔文学奖评审委员会成员贺拉斯·恩达尔在谈到诺奖获得者的优势时说："一位作家的'作品'，不仅仅是一整套文本而已，还包含了阅读这些文本的心理前提。"说的就是这个意思。

"人生可以宽厚，艺术绝对势利。"木心说。

2015 年 8 月 23 日晨

读者的反应

　　每一个作者，写完一个东西，总是期待别人的反应的。直白地说，夸赞。比夸赞更深入骨髓的，是有见地的点评。但往往落空。书出来了，稿子发表了，你敏感地捕捉着读者的反馈，等了半天，支网的胳膊都酸了，却啥鸟也没捕到。弄到最后，你连到底有谁认真读过都不知道，连问别人都不好意思了。不评价，就是一种评价。问不好，净让人家为难。你不得不接受这样一个事实：你写的东西，只不过是他众多过眼即忘的阅读物之一，他可能根本就不喜欢，可能……他素常就不读书，你的书也没让他读起来。

　　我的长篇小说《排队》，累计读到者，大概不会超过 300 人。从头到尾读过者，我估计也就那几个人吧。我的一个兄弟对我直言："读得想吐！"我一直将此定为迄今为止最真实、最深刻的评价。没有与之对应、够级别、相反的评价。即是说，没有争论。争论是两方面的，爱者极爱，憎者极憎，双方恨不得掐起来，作者反倒躲到一边儿，偷听到难得的真知灼见。我的兄弟的评价是一头沉，"呼通"一声往这儿一撂，只有极憎，没有极爱。我只能理解为，那"沉默的大多数"，也是如此，或不同程度的如此，只不过没勇气或不愿对我说出来罢了。

但是，时隔 3 年，忽然，被我赠书的 L 兄站出来了："哎呀！你的《排队》写得太好了！读过之后，我非常激动！人物刻画……情感表现……"

我一时差点儿晕倒！

仿佛，我的早已一湖静水的耳畔，猝然间撞响一口大钟，"咚—嗡—嗡—嗡……"震得耳边的空气，像雷达信号一样，一圈儿一圈儿向外荡。震荡的后遗症是，到我写这篇字儿时，怎么都回想不出他具体的吹捧言辞，也羞于填空，只好以省略号代替。

我不信。

我不接受。

我保持独立的清醒。

在这件事上，我不辩证、一分为二地看问题。我不从多个角度看问题。我不把 L 兄的猛夸当作另一种存在，至今才遇见。我不敢，也不愿。主要是不信。我不信我写的东西有恁好。可能不会恁糟，但绝对不会恁好。

我还诧异："连我这样的东西，他都叫好，在他眼里，啥是好东西，啥又是孬东西？他的标准，或他的评价水平是怎样的？"我几乎以得到他这样的夸赞为耻。

唯一能让我增长一点儿信心的，是散文集中的文章一篇篇地得以发表。但这与已遭"定评"的《排队》无关。

于是，事情就过去了。

进而，开始读 L 兄回赠我的《CN》，一部胶装打印的长篇小说。一读之下，大惊失色，又不便露色，憋住了。

我发现，L 兄有一个令我自愧弗如的大优点：敢向别人要评价。他将收集到的诸多"著名"作家对《CN》的评价——直白地说，夸赞——都巧妙地摘录，印在打印物的各个部位。既是他荐，又是广告，最关键的，可以壮一下声色，暗暗提高一点儿自信心："这多人都说它好，可能它就是不错吧！"本来还仅存的一点儿自疑，也不攻自破了。

真佩服他的精神。真佩服那些写出读后感，还是那样的读后感的"著名"作家。我做不来。既没勇气征求别人的意见，也写不来那样的读后感。

不好。他的《CN》写得很差。但比我的《排队》好。一个明证就是，没一个人说"读得想吐"。也可能是他没遇到我兄弟那样的兄弟，或他的兄弟都太能憋了。但愿是我眼光有误，他的《CN》就是好，只我不识货。

至于怎么不好，或我为啥觉得不好，却像想不起来 L 兄怎么夸我的《排队》好一样，想不来了。总之，L 兄的《CN》，作为我无数阅读物之一，一翻而过，形成定论，想具体说，还得去再翻原作。算了吧。

典型的以怨报德。

适逢 L 兄在微信上嘱我"有空给我的小说《CN》写几句评点文字"，还加了一个"抱拳"的手势，我思来想去，自认憋不住，也正好不是"著名"作家，就悄悄写下了这些字，发到博客上了事。好在，即便被 L 兄偷看了去，也没啥可摘录的。我且做一回我兄弟那样的兄弟吧。

2015 年 9 月 17 日晨

我的第一笔稿费

　　现在，有些报刊给作者发稿费，已经用微信发红包了。这无疑比寄稿费单方便了极多。微信确实在改变我们的生活。但，大多数报刊，还是通过邮局寄。不定某天，打开单元门处的集中式信报箱中我家的那一格，在例行的报纸里，就会多出一张两张浅绿色的取款通知单，我就一喜：哦，又有稿费了！——除了陌生的报刊社，已经没人以此形式给我汇款了。

　　依我的印象，邮局的这汇款单，无论规格、颜色、款式，似乎从未变过。我们的祖国地大物博人口众多，邮局却只有一家，汇款单也只有这一种。这一种，几十年里又保持不变。或许，总有细微处的与时俱进，只我不留意罢了。

　　我第一次收到汇款单，就是稿费。那是在上师范的第二年。之前，我都未离开过农村老家，上小学、中学，经济也全仰仗父母，没什么对外的往来，自然谈不上收汇款。考上师范，住了校，又以十七八岁的文学热情，偷偷地写稿、投稿，终于在1993年秋的一天上午，例行去传达室门口搜检信件的生活委员捏着一叠信件回到班里，挑出一张绿色

的汇款单递给我，并溢于言表地冲我笑道："恭喜你呀，领稿费了！请客！"——她显然已经看过了。

血涨上我的脸，又热又跳。却装作无所谓地接过来，看了看。原来，这就是我一个多月前登在《中师生语文报》上的那篇《数学与哲理》的稿费，4元。我对生活委员和几个闻讯凑过来的同学不屑地说："哦，是这篇呀。"仿佛我还有很多篇的稿费要到似的！然后，折起，装进兜里，为难地反问一句："就这点儿钱，咋请客？"大家失望地散开了。但我内心是何等激动啊！这是我平生第一次发表文字、得稿费，也是第一次挣钱！虚荣心得到极大的满足，又混着一丝失望：若发表的是另一篇我更得意的作品，该多好啊。不过，在巨大的喜悦冲击下，这点儿失望可以忽略不计。我几乎有一种想法：这张汇款单，应该不取，保存起来，留作纪念。可想归想，钱还是要取的；而取了，就无法留作纪念了——那时还没有复印机（街头的复印店，在我记来，毕业后三四年才普遍起来）。

到了中午，我就带着学生证（满十八周岁才能办身份证，我还没有），跑到离学校一公里远的北土街上的那家邮局，把4块钱取了出来。兜里有硬邦邦的稿费在，回校的途中，我感到无比豪壮，已经不是原来的自己了，未来的一切都高大、美好起来。

客，自然是要请的，请晓海。晓海名杨晓海，吾初中同学，考到同一所师范后，成了吾"闺密"和伙友。为了庆贺，那天晚上，俺俩就不在食堂吃了，而是花一块钱在食堂买了10个馍，揣着去了离学校不远的东司门一家卖鸡血汤的地摊儿，每人一碗，泡着馍，可劲儿地添汤，吃了个肚儿圆！卖鸡血汤的老婆儿认识我们的校服，知道我们穷学生没钱，每次我们又涎着脸去添汤，她总大度地一笑，用开封话说："冇事儿，赇添了小孩儿，管饱！"既是对我们，也是对别的食客。在微信上说起此事，不少人发评论，竟不相信4块钱能管俩人吃饱。我回复说，能的，那时鸡血汤才一块钱一碗，不像现在，怎么也得十块八块的，俺学校的馍也真便宜，一毛钱一个，还是手工蒸的大馍，很磁实，不是现在那种，五毛钱一个、很暄、一抓就缩没了。我可以负责任地保证，我和晓海当时都能顺利地吃5个馍。还有人问，你们俩人喝鸡血汤吃个大饱，岂不是只花了三块，还剩了一块？没，那一块也没剩下。从东司门抚着肚子回来，走到文庙街口，有一个打烧饼的，在昏黄的路灯下营业。晓海问我："你吃饱冇？"一闻烧饼香，我也想吃，就答："还有点儿饿。"于是，我又买了俩烧饼，5毛钱一个，把那最后一块钱花掉。真好吃啊！我们边香喷喷地吃烧饼，边极快慰地往学校走。待吃完，已经看到飞檐翘瓦的古棂星门了（我们学校所在的文庙街，是北宋时的太学，棂星门离我们学校正门不远）。

那4块钱带给我们的享受感，至今也没有任何一笔钱能超过！张爱玲得了第一笔稿费，就高兴地上街买口红了，我的第一笔稿费，不过是这么庸俗地吃掉了。文人对第一笔稿费的处理，大抵都不大高明。

我的那则微信，晓海兄也看到了，点了赞。估计，若非我忆起，他都忘了这回事了吧？猝然间，我们都40岁的人了！从毕业以来的这20多年，都咋过来的？不敢想，一想，就生出一种成年人的厌世感。字儿，我还是写的；也发表、得稿费。得稿费的形式，很长时间里，都是

稿费单；近两年，习惯了编辑要卡号转账；进入今年，接连收了几次微信红包。正在我感慨微信将成为今后报刊给作者发稿费形式的主流时，忽然收到两张稿费单，幡然醒悟："哦，还是收稿费单更爽。"

要的就是这种无预料的收获的意外与惊喜，要的就是攒够一批拿着证件去邮局排队取一次的费事与郑重。

20多年成一梦，自己和世界变化太多，不变的，还是这对稿费单的期待！

唉，文学青年，就是用稿费单串起来的20多年的坚守？

2015 年 10 月 17 日

文学的疯狂繁殖

我属于比较听话的读者。打开一本书，一般总会读完。在莫言、贾平凹、余华、苏童、二月河那儿，我尝到了巨大的甜头。在普鲁斯特那儿，却呛了一口水。鲁迅是个意外。

这一段儿，正在集中读某出版社1985年版的18卷本《鲁迅全集》。

淹没。十足地淹没。他写了200万字，1～6卷，却收集了18卷。书信、日记、翻译、留言条、赠书题词、字画落款、报纸边缝的批注……只要是他写的字儿，能收的，都收进来了。论全集，放眼全中国、全中国文学史，恐怕再也不会有谁比鲁迅更"全"的了。都知道，他是被神化了。

一稀释，觉得他写的字儿真多。那时候没电脑啊。算上邮件、QQ、微信上写的字，我们写得并不比他少。而他真正的干货，也就那200万字。文学是对生活的蒸馏，全集是把没提纯前的水都收集起来。

于是，我就不舒服了。

很快，就在米兰·昆德拉的《帷幕》里找到了原因。

"通信集，不管它如何迷人，终究既非代表作，也非作品。因为作

品并非一个小说家所写的一切：信件、评论、日记、文章。作品是围绕一种美学规划而进行的长期工作的最终成果。"

是这样啊！现在的作家，还多了访谈、对讲、媒体报道稿等等。严格地说，这些都不应是作家的"作品"！文学，真的正"以一种疯狂的繁殖在自杀"。

不仅作者，还有研究者大军！"他们以一种相反的原则所引导"，将"能找到的一切都堆积起来"。囊括全部，是他们的最高目标。老昆德拉对此辛辣地写道："全部，也就是还要有一大堆的草稿，被划掉的段落，被作者自己扔掉的章节。"研究者将这些所谓拾遗补阙的"校勘版""不同版本"，统统认为是有价值的，同样应视为作者创作的一部分，"同样会被他（作者）首肯"。

阿弥陀佛！一生毫无自恋的鲁迅，若看到身后被"全"成这个样子，会不会生气自己当初没一把火烧掉？

福楼拜有一句经典的话："艺术家必须让后世相信，他从未生活过。"文献家偏时时处处提醒读者：艺术家真的生活过。

昆德拉还忍不住给文献描述了一个理想："在一个巨大的公共墓穴中，一切都是安适、美妙的平等。"研究者拼命"囊括全部"的依据就是：将文献与作品共埋一个墓穴，就都"安适、平等"了。

公共墓穴！

安适、平等！

6卷之外，"共埋"进来的达12卷！

哼，还听话吗？

2015年12月12日晚

我顶多是个乡镇级名人

什么是好书？我的体会是，读时能刺激、引发我思考、感触，面对画出的句子，令我忽有所悟，想写点儿什么、抒发点儿什么的书。

《帷幕》就是近期读到的一本难得的好书。

作者米兰·昆德拉这样试着明确"名人"这个词："一个人成为名人，是当认识他的人数明显超过他认识的人数时。"

那我不是名人！我的写作，并未造成认识我的人数明显超过我认识的。基本上，知道我写作的人，少于认识我的人。我的公众形象，就是泯戳众人之林的普通的我，私下喜欢写作，偶尔发表作品。我在写作领域并未成名成家，毫无影响力，几乎也不想有什么"圈儿内知名度"。我身边的人，都不写作，都不读书，我有点儿不好意思让他们认为我爱好写作。给他们赠书时，我总有一种用"出书快于读书"骚扰他们的歉意。我就是一个和他们没任何区别的世俗人。

与昆德拉人数对比论相对应，木心对名人的表述更简单："知名度等于误解。"

咱既非名人，被误解的概率就极少。可是，咱毕竟舞文弄墨，广种稀收，薄得虚名。在这方面，我非常喜欢蒋方舟写的一篇《我顶多是个

乡镇级天才》，内有这么一句："天才可能分很多级别，小区级，乡镇级，省市级，全国级，我顶多就是个乡镇级，属于亲戚朋友拍拍我爸妈肩膀说你家孩子不错那水平的。"

这孩子，说得真好！但她明明非农村出生，名气又大到摘录至此都不用注释"蒋方舟是谁"，自然属自谦的调侃。

可我，确确实实只能评判自己是个"乡镇级的名人"！这个乡镇，还是确确实实的"开封市郊区大米乡"那个乡镇，我的父母、村邻、同学，都生活在那儿。进入我们乡境，报出我的名字，不是吹牛，绝对能找到我家！村级的？总不止了。咱不过谦。我们村反倒没人知道我写作这回事儿。灯下黑。绝对不会有街坊四邻拍拍我爸妈肩膀说你家孩子不错。我若混个乡长当当，或有钱成乡镇企业家，也许更容易这样。小区级的？不，在我们小区，我认识的邻居没有物业经理多，认识我儿子的人远比认识我的人多。将自己移栽到56公里外的郑州的这个小区里后，我最多是以"深深的爸爸"这个角色，存盘于邻居印象里。在我家——儿子还小，姑且就等于在我媳妇儿面前——我干脆就因写作而遭剥夺和厌恶，不说也罢。

昆德拉还对名人与荣耀的关系，作了犀利的阐述："一个伟大的外科医生得到的承认并非荣耀；他并非被公众钦佩，而是被他的病人，被他的同行。他活得很平衡。荣耀是一种不平衡。有的职业不可避免地、无法回避地将它带在了身后：政治家、模特儿、体育明星、艺术家。"

最后，昆德拉彻底撕去艺术家的面具："艺术家的荣耀是所有荣耀中最可怕的，因为它隐含着不朽的概念。／每一部带着真正的激情创作出来的小说，很自然地追求一种可持续的美学价值，也就是说，能够在它的作者去世后继续存在下去的价值。／这就是小说家的厄运：他的诚实系在可恶的自大的柱子上。"

所以，能偷偷地当好这个乡镇级名人，还不简单哩！

2015 年 12 月 13 日上午

鲁迅的处女作

手头有一套某出版社 2004 年出版的《鲁迅全集》，草绿色封面，杂志样开本，装帧素净，薄薄 4 册，丝毫没有"全集"的样子，字数却高达 163 万字。除了"鲁迅日记"和"两地书"，他的文章都在这里了。何况，我始终认为，全集，就该是"文学作品的全集"，私人日记和情书，不该算作创作而收录进来。因此，这就是我心目中的"鲁迅全集"。

说来不好意思，这套书是我从地摊儿上买的，就是郑州街头很常见，像农村赶集样地摆几张床，挂一块纸板，赫然标着"图书论斤卖"的那种地摊儿。价格很便宜，几乎可以判定为印刷质量极高的盗版书。好处是字密，省纸，注释多，让我很喜欢。我全貌地读鲁迅，就是通过这套书。

几年里，就这么随便翻，随便读，把四大本他写的字都读卷角了，有一本的封面还被热茶杯烫白了一片。到如今，我觉得和鲁迅熟极了，仿佛他就是村里一个什么都懂、读过私塾、留过学、见过大世面的放羊老汉，我可以随便和他嘻嘻哈哈："你骂的那个谁，后来咋样了？"

翻看的遍数多了，就生出一些无聊的好奇。比如：怎么他随便写篇什么都能发表呢？有的豆腐块儿，无论以何时的标准看，都不可能登到报刊版面上的。除了仅有的几篇，被注明"收入本书前未在报刊上发表过"——这个"本书"，应该是指原作的集子，而非本《鲁迅全集》——不管长短、体例，他的文字几乎没有一篇是白写的，都发表过！换句话说，都变成了铅字、得了稿费！就没有投稿未中的？也有，极少，大约有一两万字吧，简直可以忽略不计。即便那少有的未发表的篇什，感觉也不是不能发表，而是作者只写给自己看，不想发表的（如名篇《伤逝》），或者是因为出版审查被抽掉了，有的则干脆是编辑不敢发。

我得出的解释是：鲁迅成名太晚，而他95%的文字，又创作于成名之后。他1918年在《新青年》上发表成名作《狂人日记》时已38岁，而他总共才活了56岁，核心的创作都集中在成名后的18年。"《狂人日记》使鲁迅横空出世。"记不得从哪本书上看到这句印象极深的话，我非常认同。"横空"二字，点出了鲁迅成名的突然和之后的如日中天。打个不恰当的比方，如果莫言38岁时突然得了诺贝尔文学奖，他之后写的每一篇文章，还愁发表吗？

那么，《狂人日记》算鲁迅的处女作吗？显然不是。从他的第6本书《坟》里不难看出，他最早发表的文章是登在1907年12月日本东京《河南》月刊第一号上的《人之历史》。原题《人间之历史》，署名"令飞"。一篇又臭又长、蹩文言、私塾八股之气扑面而来的破文章。那一年，他也已27岁，实在算不得年少露才。《坟》出版于鲁迅成名9年后的1927年3月，共收录了1907～1925年的文章23篇，时间跨度正好也是18年。我觉得，这更应该是他的第一本书。这套和其他版本的

《鲁迅全集》，也都将《坟》排在第一卷的第一部分。

那么，《河南》又是本什么刊物呢？书中注释，是"我国留日学生创办"，"倾向于反清革命"，"进行反清活动"，"以各省留日同乡会或各省留日同人的名义出版"的书报之一，目标读者就是"数千"留日学生。按今天的说法，就是学生们办的非正规出版物。或许正规，比如在日本审查机关备过案、有刊号之类，但我认为不会。即便备案有刊号，又能怎样呢？总之，不是什么权威的纯文学刊物，发表门槛很低，影响面极小。鲁迅最初的几篇又臭又长的文言论文，都登在这上面。

不得不说，若非作者已经成名，成大名，他这些敝帚自珍的东西，谁会读呢？连鲁迅自己也很清楚，正是已经有了《狂人日记》的巨大影响力，有了之后海量文章的发表，有了《呐喊》（1923 年 8 月）、《热风》（1925 年 11 月）、《华盖集》（1926 年 6 月）、《野草》（1926 年 7 月）、《彷徨》（1926 年 8 月）等 5 本至今都令人如雷贯耳的力作在前边垫着，他才敢捧出这本"将糟粕收敛起来，造成一座小小的新坟"的第 6 本书，顺带着，秀出了自己 20 年前刊登在一本在日本印刷的小宣传物上的处女作。

2014 年 1 月 6 日夜

再说鲁迅的处女作

微雨蒙了镜片，骑电动车，换来一本某出版社 2005 年出版的《鲁迅全集 7》，收有《集外集》和《集外集拾遗》两部分。均为鲁迅晚年璨为泰斗（其实也就五十四五岁）时，别人搜集来，经他审订印行。

一翻，识：之前曾作的那篇《鲁迅的处女作》，将其处女作定为 1907 年 12 月载《河南》的《人之历史》，大谬！

细核此书，知其最早发表的，应为 1903 年 6 月 15 日、11 月 8 日，分载日本东京出版的《浙江潮》月刊第五期、第九期的《斯巴达之魂》。

自然，就读了。仍文言。实在读不下去，嗒弃。

好吧，不管是《人之历史》，还是这《斯巴达之魂》，不过都是读不下去。

诚然，此文将他初次发表文字的年龄，由 27 岁，提前到了 23 岁。我之所以将《人之历史》误认作其处女作，盖因之前只读到那套地摊儿版的《鲁迅全集》，信息不对称所致。待读到这豪华的 18 卷本的，信息应算全了，也仅是全了。对其处女作的不大高明的感受，仍未超出上次。

鲁迅的序跋，独步天下，收入此卷的《集外集·序言》亦如此。关于"悔其少作"及自己"不悔少作"的叙述，令人会心之至。

由该序知，他的写作，始于日本上学时。"初学日文，文法并未了然，就急于看书，看书并不很懂，就急于翻译"；"以后回到中国来，还给日报之类做了些古文"；"以后是抄古碑。再做就是白话；也做了几首新诗。"从他23岁初弄笔墨，到1918年38岁凭《狂人日记》横空出世，经过了15年。没有这15年的积淀，怎会有他《狂人日记》后至逝世，写作质量极高的18年？

按我至今的读书印象，当初做公务员的周树人，不过是下了班抄抄古碑，任青春年华寂然滑到38岁，文名远不如其弟周作人。亏得钱玄同识才，怂恿他写作，他遂作《狂人日记》等，让钱拿去发表，自此一发而不可收。

一个作家，不管其文学成就有多高，影响力有多大，回到处女作，总不过是悔不悔都那样的"少作"而已。

2015 年 11 月 15 日

把诗歌当作最宝贵的贴身物件

2014 年春，曾帮刘老大校编过一本《小草吟》，系他从 19 岁起至当时，40 年间所作旧体诗和少量新体诗的集大成。我还写了一篇《有感于刘老大写旧体诗》的感想，说了许多对"现代人而写旧体诗"不敬的话。这是第一次知道刘老大写诗。那么多诗印出来，有点儿凤愿终偿的意思，虽和名人出版全集不可比，也算他退休后"起个号，刻部稿"传统文人雅兴的实现吧。总体上，我颇为他欣慰。

整一年后的昨天，他又召我去，交给我一摞打印的诗稿，说："这是又写的，再帮忙看看，写个序呗。"我嘴角下弯，捧回来校读一过，禁不住在内心长啸了："原来他并未停下，写诗，一直就是他生命中重要的组成部分！"

我开始纠正之前对他调侃性的理解，意识到，在大众平均每 6 分钟就翻一次微信、对写作的尊崇普遍"无感"的今天，仍然有人将诗歌看得很"重"。手机无疑已是现代人最贴身的物件。如果把文学当作一个贴身的物件，便会发现，文学不同于手机。手机让你对它依赖时得到很多，但失去的或许更多。借用文学编辑史航的话说："越早依赖她（文

学），信赖她，人生也会随之变得更加轻快，让活着不至于那么艰难。"
从这个角度说，刘老大这个资深文学青年是幸福的，他从十八九岁时就
已找到诗歌，并将之当作此生最宝贵也最能给他带来精神安妥的随身物
件。

粗略地数了数，这沓诗稿近120首（则），新体诗仅几首，其余均
为绝句、词令等旧体诗。刘老大是一个文体感很强，或曰只愿写旧体诗
的写家。同样是思友、慕亲、怀旧、追古、感怀、游记，他一拿起笔，
就不是散文、小说的思维。

读刘老大的诗，你可以到达不了他的文学现场，不赞成他的结论，
但可以根据他的文字，生发你的感触。雁鸣湖、绿博园，这些破地方，
你也去过；过年了，你也吃饺子、看春晚、放鞭炮；想她了，痛苦了，
情人节了……但你没啥感觉，啥也没写出来，他总能写出来。有这个习
惯和这些文思，就比我们强。他几乎已到了逢游必吟，逢清明、年节、
秋月、雨夜、冬雪必吟的程度。嵌入他诗行中的"珍宝"，不时地跳出
来，堪称惊艳！如，读到"鬓发儿孙催""青山有路绕玉带，绿水无意似
蛇行"这样非常唐诗的诗句，我不相信是他写的，上网一搜，确信就是
原创，钦佩之情油然而生。如，读到"望着输液管中滴滴坠落的时光"，
"生活如同一张网，上了网才明白自己是网虫"这类诗句，我就在一旁
批注："好语言！"

虽说，所有的写作，都是凝结此时此地的情感，让他人通过文字，
在彼时彼地读懂、产生通感，客观上对文字和文体还是结合读者所处的
时代才最易被读懂提出了要求，但是，就写作和写作者本身来说，形式

和水平往往不能强求，如何保持视写作为一种崇高的精神体验，全力以赴地用静默的力量，试图存留和唤醒自己在文学现场的感受的状态，才是最重要的。每个人都有自己的情感体验高峰，每个人也都具备足以记录这种情感体验高峰的文化素质，可为何并非每个人都能成为写作者？不能保持写作的状态，将写作当作独一无二的见证与陪伴，是根本原因。

刘老大者，刘学民也，周口项城人氏，吾太阳能生意的股东，与吾性情颇相近也。因其年龄确乎比我老大，又见多识广，直率豁达，故如此亦庄亦谐地呼之。

2015 年 3 月 15 日

托尔斯泰的比喻是何等自信

"像燃烧着的硫黄似的淡蓝色的湖上……"

在托尔斯泰的中篇小说《卢塞恩》（旧译《琉森》）的开头，出现了这么一个比喻。

一个一亮相情绪就跟鲁迅的《狂人日记》中的"狂人"一样不对头的公爵，入住卢塞恩最好的"瑞士旅馆"后，打开临湖的窗子遥望。时值晚上6点多钟，下了一天雨，刚刚放晴。公爵这样形容映入眼帘的景色。

打我画出这个比喻时起，就纳闷儿："烧硫黄似的淡蓝色"是一种什么颜色？为了了解，我要不要去烧一下硫黄？

虽无法还原，但不影响我立即联想出一幅影视作品给我造成的、我从未去过的、泸沽湖那样的画面：蓝色、静美、清晰。托尔斯泰的这个比喻，刺激了我的联想。

正因为这个比喻是托尔斯泰写的，才使我不用怀疑作者的文学水准，更关注这个比喻本身。

读托尔斯泰的作品时，我常常惊叹于他令人拍案叫绝的妙喻、绝喻。在抱怨书刊审查制度时，他说："这仿佛叫木匠刨木板而不许有刨花。"在写自己舍不得女儿出嫁时，他说："（女儿）就像一匹纯种马用来驮水一样令人惋惜。"

"我长久地寻找一个能说明这个道理的比喻。"76岁时，他在日记中说。

一个人对一个事物冥思苦想到何种程度，才有这么多灵感撞到他的枪口上？都说，"文学幸亏有比喻"，但有的作家就是用不好。也有特例，如海明威，和比喻有仇。总体上，我们是多么需要比喻啊！

这个比喻，是托尔斯泰俯拾皆是的精当比喻中，仅有的让我感到生僻的一个。

烧硫黄，大约，我只在上化学课时干过。20多年前的事了。今后，想不出还有无可能再烧一次。大约，是无的。在托尔斯泰生活的那个年代，靠擦硫黄打火吗？"烧硫黄似的淡蓝色"，对那个年代的人来说，司空见惯吗？我不知道。

可是，为什么别的那么多作家，用了那么多手法，来描述湖水的蓝色，都没有托尔斯泰的这个比喻精准和唯一，给我造成如此大的联想刺激力？

既神秘，让我百思不得其解；又简单，让我茅塞顿开。

我今后写作需用比喻时，该怎样寻找这种精准和唯一，保持这种舍我其谁的描述自信？

我又翻起了读他的摘记。

"'那是一个晴朗的晚上，空气中散放着……'这种艺术作品我是不能写的。"在 81 岁时的日记中，他这样说。为什么？就因为"晴朗"一词不是那么"有力，明确"？

在谈到下笔的自信时，他说："大胆投上的阴影，能给典型人物带来多大的力量。"

答案，或许就是这种"投射"吧？

我们就权当他用"烧硫黄似的淡蓝色"，给自己想向读者描写的湖水，大胆投上了"阴影"，从而给我们带来了巨大的力量吧。

2016 年 6 月 26 日上午于家中

想念托尔斯泰

"俄罗斯的文学像一床厚棉被。在没有火炉没有水汀的卧房里，全凭自己的体温熨暖它，继而便在它的和煦的包裹中了……"

读到木心这个比喻，我一下子不会动了。它像一把锋利的刀片，轻轻地，划过我的感受，犹如划过一块豆腐，这么多年的只读不说的汁液，慢慢地，流了出来。

我心目中的俄罗斯文学，就等于列夫·托尔斯泰，等于他的三部长篇小说：《战争与和平》《安娜·卡列尼娜》《复活》。不能写。这三部小说的名字一这么写下来，就涌出一股亲切，像穿上一件旧布衫，那么熟悉、妥适，带着老家衣柜里的樟脑味儿。

一个作家的好坏，就取决于这种给你造成的"阅读后遗症"的轻重。不管你是否意识到了，事实就是，你之所以过一段时间想重读一个作家，原因就在于你已经患上了他的后遗症。只有靠读他，才能获得治愈和满足。托尔斯泰带给全世界人的后遗症的严重程度，超过所有别的

作家。或曰，他给大家造成的后遗症是最无争议、最得到公认的。奇怪的是，这种对他的依赖性，恰恰又是读者自己通过多年的依赖造成的。

我们的精神世界，一如 19 世纪的俄罗斯，全部是冬天，全部是雪，全部是夜，全部是过去，全部在文学之中，太需要一床棉被，用自己的体温去熨暖它。

初次阅读托尔斯泰时，在不知不觉间建立起的契合和幸福感，是感染上这种综合征的源头，也决定了今后他与别的作家的区别。自从上学时（十七八岁）读上他，这么多年来，我已记不清第几次重读了。手头的一套 4 卷本《战争与和平》，纸页已发黄变绵，胶装脱裂，每次均需用胶水不停地粘连，才能读下去。推算来，它已 22 岁高龄矣，超过了我年龄的半数以上。里边的批注，分布于各个年头，读起来，却像此时的感受！内在的我，成长与变化不大，不像现实中这么容易老。每次重读，都是一次隆重的省亲和还乡。既读原著，又读批注。批注也成了书的一部分。按三部小说诞生的顺序读，一本，一本，静静地，垂暮地。真替那些不读他的人悲哀。

对，是想念。就文学带给我的想念来说，没人能超过托尔斯泰。而文学带给我们的想念，又超过所有的想念。

感谢木心的比喻，让我清晰了这种想念，第一次写出了这种想念。

2015 年 8 月 22 日清晨

有体温的书

又一次读完刘震云的《我不是潘金莲》，按捺不住赞叹，发了条朋友圈，意外被一位美女老同学留言索书。

美女老同学："啥时找你借点书看，舍得吗？"

吾："可以。你开书单吧，我给你寄去。"

美女老同学："太好了！（喜欢）读有温度的书！你给推荐吧，先寄来几本。"

哪有这么借书的！"你得发来想读的'有温度的'书单。我不是你，代替不了你。"

美女老同学："我目前看的专业书多，文学书少，你就给我推荐几本吧！随便，不挑。"

这是读书人吗！但，人家是美女老同学。吾引导："喜欢谁的书？或想读谁的书？"

美女老同学："你列几个作家。"

晕死！"你这是让我猜谜语啊。也太看得起我了。医生最怕你这种看病的！"忽有所悟，问："你是想让我推荐几本我喜欢的书就行了？"

果然。于是，开列数本。双方皆溢如莲之喜。

美女老同学："早就让你推荐嘛！"

"你一要什么'有温度的书'，我就晕圈儿了。"

"我说的有温度，指你的批注！"

这样啊。这，倒是对的！亏她形容得出。我读过的每一本书，都有即兴的批注，确实可用"有温度"来形容。还是体温。我从没想过以她这种方式去向别人借书。人丑就该多读书，不然咋赢得美女老同学在毕业20多年后的青睐？之前，我曾打过一个比喻，形容向外借书之难："借书给别人读，犹如借内裤给别人穿。"精神内裤，自然是带体温的。又想起木心的一个比喻："文学像一床厚棉被。在没有火炉没有水汀的卧房里，全凭自己的体温熨暖它，继而在它的和煦的包裹中了……"

好吧，我愿意替美女老同学"暖被窝"。

2016 年 12 月 6 日

丧家的得糖尿病的乏吃货

没错，说的就是那个和鲁迅笔战了 8 年的梁实秋。

昨天，览完了他颇有名的散文集《雅舍谈吃》。24 万字。所记荤素吃物上百种，吃贯中西，横跨海峡两岸，绵延几十年。他是糖尿病患者，还大谈吃，有啥诀窍？吾几乎是冲着"淘一个糖尿病人美食谱"的出发点读的。可惜，未得逞。

吃啥，咋吃，为糖友异于常人的核心级话题，然，所见之书，无非"养生""食疗"之类，望而生厌。好不容易遇到一位文笔好的梁氏写吃的书，一读，不过仍是其一贯的文人散文，绝口不提"糖尿病人该咋做一个美食家"，自然，是颇失望的。整本书，他连提自己的病情都无！网上信息显示，梁实秋晚年患 II 型糖尿病。或许，他的这些记吃的散文，都写于未患病之前？

求诸百度，得到其一些信息：梁实秋（1903—1987），原名梁治华，出生于北京，浙江杭县（今浙江余杭）人。留美海归。一生著作达 2000 万字。1949 年去中国台湾，1987 年 11 月 3 日病逝于台北，享年 84 岁。没逃过"七十三、八十四"咒律哈？

不管别人咋看，我是觉得，他绝对算高寿了。尤其是，他还算身份比较大众化，没有那些政界、富豪额外的经济实力和医疗福利，不过是一个教书先生、文人，靠工资和稿费谋食，生活和饮食比较可参考，能得此高寿，实属不易。

他是如何服药、锻炼的？无过多信息。流传更多的，是他的一个"管住嘴"信息。从文字看，肯定是别人的记述，而非其本人所写。

大意是，一天，梁与朋友吃饭。先端上熏鱼。梁说，他有糖尿病，不能吃带甜味的东西。

接着端上来冰糖肘子。梁说，不能碰，里面加了冰糖。

又端上来什锦炒饭。梁说，不能吃，淀粉会转化成糖。

如是几回。

最后，八宝饭端上来了，大家揣他一定不会碰。意外的是，梁忽然很开心，曰："这个我要。"

朋友提醒："里面既有糖，又有淀粉。"

梁笑言，他当然知道，就是因为知道有自己最爱吃的八宝饭，所以吃前面的菜时才特别节制。

"我前面不吃，是为了后面吃啊；因为我血糖高，得忌口，必须计划着，把那'配额'留给最爱……"

好么，这才现出一个糖友的吃货本色！

他对各种食材对血糖的影响，门儿清。但落实到忌口，经验不过是"有取舍地吃"。

想来，一生能留 2000 万字，应该都是手写，电脑写作的可能几乎没有（不知他用过打字机没有），还要教书、阅读，他每天的生活，属于典型的文人作息。没听说他怎样吃药、打胰岛素和做体育运动，推论开来，也不会有什么经验传授。

一个重点是，他是晚年患病，不像吾年纪轻轻就确诊。所以，他基本上以节食为主来控制血糖，就很好理解了。

细想来，他们民国时期的那些文人，很有意思。鲁迅骂他"丧家的资本家的乏走狗"，梁也没回骂。不过，就吾所读梁的著作来看，他对鲁迅也相轻极了。

鲁迅死得早，梁在鲁迅死后，又活了51年。鲁迅若高寿，二人又会演绎出何等文事？

综观梁之一生，去台逝台，魂望大陆，家，肯定丧了；想兹念兹，故乡美食，资深吃货，肯定算了；控食抑糖，终得延年，不误著作等身，却很好很好。

2017年2月5日

让日常阅读成为穿透我们内心凝固层的钻头

——与开封市县街小学的老师们谈读书

大家好！

我叫侯建磊，开封市郑州区人，老家是金明区水稻乡的。

我和刘玉霞是亲同学。我们是开封一师9112班的，1994年毕业。一恍，都23年了。当初，我们班就是来县小实习的（当时还在县街）。毕业后，刘玉霞以优异的表现，直接分配到了县小，一口气干到现在，已经成刘校长了。我毕业后，没教一天书，转行分配到乡政府，混了7年；26岁那年，自己辞职，跑到郑州，当了10年记者；后来，创业，没成；一口气混到现在，还是侯建磊。

今天被刘玉霞揪来，给我的任务是：结合即将到来的"世界读书日"，和咱县小的老师们做一个交流。原因是，我是一个资深的文学青年，发表过一些文章，出过几本小书，平时喜欢看书，发朋友圈，被刘玉霞逮住，觉得我能给大家讲点儿什么；我若不来，就是托大，她也不依；于是，就硬着头皮来了。

所以，我今天来和大家做沟通，就假定了一个前提：绝不好为人师，绝不装×，只以一个资深吃货的感受，来"胳肢"一下隐藏在大家内心的"吃货本性"，勾引一下大家，打消大家的一些顾虑，来一点儿增味儿的"味精"或"蒜瓣儿"，给大家每天熬的汤锅里偷偷地丢几颗"大烟骨朵"。

由于在座的都是老师，我和大家的交流做好了，客观上还有一个和别的书友交流没有的功德：大家还可以把这个"大烟骨朵"偷偷地丢到更多的学生的汤锅里。

我分享的题目是《让日常阅读成为穿透我们内心凝固层的钻头》。刘玉霞嫌题目有点儿长。但我都是先定好题目，再开始写，写好了，就改不动了。碎片化阅读时代，讲究"题目即把意思说完"，不然，人家就不点开看。若分析一下，这个句子的主干是"让日常阅读成为钻头"。"钻头"给人的感觉，是专对付坚硬、难穿透的东西的，我将这个"东西"具体为我们"内心的凝固层"，或许会让你感到有些怪异。我们的内心是凝固的吗？有那么难穿透吗？穿透它干吗？靠日常阅读能穿透吗？

这些，都是我真实的体会。我们的内心真的是封闭的。整天瞎忙，从不触及内心。直到养成了日常阅读的习惯，我的精神世界似乎才平衡许多。可要向外人描述清楚这种体会，又很困难。

读书，本就是人人都会、完全个人的事。从没听说过谁以"读书家"著称。我们并非受人之托才看书的。书中的黄金屋和颜如玉，和你也没关系。你读了一辈子，也成不了评论家。你读书，只是因为"我想读书"！这种强烈的愿望，内在的动力，才能让你养成良好的读书的臭

毛病。这有啥可讲的呢？

刘玉霞却认定，我可以给大家讲点什么。这造成，我不得不静下心来，深入地思考一下。真一思考，竟也总结出来一些东西。姑且涎着脸给大家说一说。我向大家保证，以下我讲的，不管水平如何，都是实话、干货，绝对原创。

我从三个方面来讲。在整理的时候，我时常哑然失笑："这还真像三颗'大烟骨朵'呢！"

一、不量化到天，就无法养成读书的习惯

我的读书情况，是这样的。多年来，我一直都喜欢读书，但和很多人一样，碰到喜欢的书才读，读到哪儿算哪儿，基本上每天都读几页，几天不摸书也无所谓。和刘玉霞同班上学的时候，我曾有过一个学期狂读 40 多本文学名著的纪录！可惜，毕业后就泯然众人矣。内心里，我一度觉得，这辈子都不可能打破这个纪录了。2011 年，我忽有所悟，找个本子，把读的书做了个记录。到年底一查，共读了 19 本。之前的 N 多年，从没统计过。统计这干啥呀！

这期间，有一件事儿触动了我。我喜欢下围棋。我无意间在报纸上读到，韩国棋手李昌镐无论是比赛还是间歇，走到哪儿都手不释卷，目标是"一年读 100 本"。天哪，100 本，怎么可能！我这才 19 本！也不知李昌镐完成了没有。当时，我真的感觉自己读的书特别少，想扩大阅读面。于是，就继续做记录，好给自己留下一个"阅读的痕迹"。到了

2012 年年底，我读了 27 本。中间坚持得不好。但比去年有很大进步。我越发觉得，李昌镐那 100 本的目标高不可攀。

这时候，又有一件事儿触动了我。在 2012 年春节期间读曾国藩的日记时，我发现，他那么忙，仍将每天读了多少页书，写了什么，详细记录。某一天，他给自己定下了"日读二十页"的目标。从此，真的每天坚持读够。我直接认定，这是一个好方法！于是，也给自己定了一个目标："每天读 50 页，只可多，不可少。"并立即开始执行。一试，很轻松，根本没有难度。没几天，就读完了一本，很开心。照过去的读法，估计得读个十来天吧。这一量化，效率大大提高！慢慢地，我发现，我们平时所读的书，一般都是 200 ～ 300 页的样子，每天读 50 页，基本上四五天就能读完一本，一个月下来，能读七八本。这样一来，一年可不就能读八九十本吗？稍一努力，读 100 本，也不是什么不可能完成的任务！

我并不挑书。想读什么书，就读什么书，随性而为。也不定什么阅读计划，读完一本，接上下一本即可，尽情地享受阅读。啥时候读完啥时候算，读多少本算多少本。有时候，也两三本书同时乱读一气，咋得劲儿咋来。只设定一个最低的日读量。

就这样，我从 2013 年起，悄悄开始了"每天读 50 页"的"上高速"之旅。到了 2013 年年底，一统计，竟读了 79 本！立竿见影，突飞猛进！方法对头，量质齐升！上学时的纪录彻底被打破。许多老早就想读而一直没读成的书，都夙愿得偿，又发现了许多好书，感觉好极了。

从此以后，这个习惯就雷打不动了，成绩也果然没欺骗我。

2014 年，88 本！

2015 年，103 本！李昌镐完成了没有，我不知道，我是确确实实完成了！

2016 年，86 本。我不刻意地读多，只匀速地开，车走多远是多远。

我这个读书量，在朋友圈里晒出来，一定是令人吃惊的！不知道的人听说了，觉得不可思议。或者，觉得我的时间比他多，每天啥事不干，净看书了。也有人问我："你读的书都很薄吧？"我当即把书单也晒出来，他就不吭了，点赞了。而他，自然还是忙，有更重要的事要做，依然没时间读书，或，不屑于读。我虽然和大家一样忙，仅因悄悄地量化到天，却多读了很多书，也不知怎么跟别人说起。我媳妇儿经常说我："整天读那些破书有啥用！"

一个人喜欢读书，对别人真的没啥意义。只不过，在我心中，读书这一行为，具有十分重大的意义。这已经形成一种自然的习惯，推动着我向前。

每天读书对我来说，有怎样的意义？在很长一段时期内，连我自己都不太清楚。表面的意义，显而易见。你读书多，别人就不敢蒙你。读书多，精神自然变得丰富。读书多，可以促进写作，保持较高的文学鉴赏力。我的那点儿写作，不过是"一个资深的吃货，顺带做做厨子"罢了。读书多，可以领略经典的故事，吸收很多人生的营养。读书多，与人聊天时，可以拥有许多谈资，等等。

然而，并非仅仅如此。深层次肯定还有更为重要的东西。但那"深层次的东西"，究竟是什么？

我觉得，有一些事，是人人都想做，却总处于"隔河相望"的状态，做不到，做得不够好。比如，读书、锻炼、旅游等。这些事，通常被称为需要将时间浪费在上面的"美好的事"。稍一琢磨，我们并非做不到。再不读书，谁一个月还不读个一两本？锻炼，困难一些，但我们是多么羡慕那些身体棒的人啊。旅游，再忙，也总去过一些地方，说起自己"东南西北四个方向最远各去过哪儿"，每个人都会如数家珍。我们缺的不是读书、健身和旅游，而是坚持。缺的是无法每天读书、锻炼，无法一有时间就去旅游。我们佩服那些养成习惯的人，又苦于自己实践不来。没时间，是伴随我们一生的痛。

　　环境很重要。我们都说自己身边读书的人少，没几个读书的，自己一年下来也读不了几本。其实，读书人并不少。不然，以卖书为主业的亚马逊、当当网是咋存活的？咋把众多实体书店干死的？肯定有数量众多的买书人"聚沙成塔、集腋成裘"嘛。村上春树假设过一个数字：喜欢读书的人，大概占总人口的5％，他就是在为这5％的人写作。这可不是一个小数目。即便1％，也不得了！问题是，怎么找到这些"沙"和"腋"？读书的人众口难调，怎么可能集中起来呢？像今天这样，被领导一召集、一搞什么"世界读书日活动"，刘玉霞把我赶过来上架，面对的诸君，就一定都是"沙"和"腋"吗？或，经我一讲，大家的"沙"性和"腋"性，立刻就大焕发、大增吗？不可能。读书不是读课本，不能军事化勒令，不能集体跑步。如果那样，大家难受，我也没那本事。包括我们的学生，数量那么多，一茬儿又一茬儿，他们里边，将来肯定有像我一样喜欢读书的人，但现在我们不知道他们是谁，他们自

己也不知道。现在，他们的学习压力太大，读书的兴趣被压制住了，仿佛被大石头压住和板结的土壤下的小草。

方法也很重要。都说读书好，没有好的方法，养不成好的习惯，一辈子都和别人一样没时间读书，每年都会感慨"今年又没读几本书"。

读什么书也很重要。由于工作压力大，大家读管理类、学以致用类、鸡汤类的书，或许多一些。这造成，我们在有限的时间里，无法读自己喜欢的书了。大家可能会说："我只是读小说、散文比较少。"不止一个人忍不住对我建议说："你怎么整天读这些闲书？应该多读些哲学类的、灵修类的。"我一度也有些困惑。说这话的人，前者有一种"我读的书比你浅"的瞎自谦，后者有一种居高临下的傻气。到底怎样评价这些态度呢？很不好意思，我也说不清楚。甚至，有一个熟人，看了我的读书方法，大有所悟，当即也令她儿子晒出了读书计划："4月份计划读书5本：某日，读至某某页；某日，再读至某某页……"令我哭笑不得！这么读书，生生地把乐趣逼成了一种苦刑！

那么，到底读什么书好？读管理类、学以致用类的书和读闲书有啥关系？怎么处理这些冲突？"适性"和"勉力"怎么平衡？怎样"兴之所至"地读书？我会在第二部分展开说。

从总体上讲，我并不认为，"读书本身有好坏之分"。读书就是读书，拿本书读就行了。渴了喝水，憋了上厕所。读书与读书这件事的好坏没关系，与书的好坏也没关系，与人的好坏更没关系。假如你讨厌读书，就没必要非赶时髦去读。读也罢，不读也罢；读这也罢，读那也罢，都是个人的自由。我今天来交流，也不是倡导："来吧，大家都像我一样，每天读 50 页闲书吧！"相反，看到学生们被勒令读书、写读后感，家长和老师还要检查，我就不由得心生同情："真可怜，他们当中肯定有人不爱读书啊！"读书又不是搞竞赛，何必呢？回顾我的受教育史，我真的认为，学校是成功地把人对读书的热爱抹杀掉的地方。因为要考试，要标准答案，要成绩，要升学率，要排名。我们的课文中，有那么多优美的文学作品，就这么让我们当成了扼杀学生阅读喜悦的凶器。这实在是没办法的事。围棋上有一个术语叫"搜根"，咱老师们整天干的事儿，就像搜学生喜欢阅读的根，使他们的棋从小就漂起来，无法做活，更形成不了长成绿树的欲望。如果我们老师喜欢阅读了，对学业压力山大的学生来说，总会是一件好事。

"世界读书日"……靠这个，就不行了。全世界都在这一天来读书？或都来庆贺读书？对我来说，每天都是读书日。

读书，是一种无比辉煌的寂寞。

读书人对自己的加冕，寂静无声。

二、从书是怎么形成的，来看我们为什么读它

作家想写什么书时，他首先也是人，所写的，必定是人的文学。作家要讲某种感受，要讲某个故事，就必须下降到更深的地方。就像盖房子，得挖地基。要讲规模宏大的故事，作家必须将地基越挖越深。就像我要来做这次演讲，必须先努力开掘自我。

美国的一个叫约翰·欧文的作家说："对作家而言，最重要的，就

是要'往静脉里注射毒品，让对方上瘾'，尽管这句话不太好听。"当我们读完一本书，容易感叹："太深刻了！太震撼了！太偏激了！生活还是很美好的！"这并非说，我们排斥他的书，而是彻底接受了他写的深刻性和真实性。当你发出这种感叹时，就是作家一脸坏笑地给你打了一针。这也是文学创作的最大魅力。每次读到鲁迅或某个作家精彩的地方，我都感觉，鲁迅当年写下此句时，内心一定得意极了。那就是鲁迅给我打了一针。我还读到过一个比喻，木心说的，文学就像棉被，读者用自己的体温将被窝暖热，继而又形成对被窝的依赖，是一个意思。

这样给你注射过毒品的作家，再有书出来，你还会买来读。这个作家就成功了。他成功地用地基"倒映"了你地面上的生活，用地基的真实切入了你地面上的真实，使你从地下穿透了日常生活这坚硬的隔层，"文学式"地密切相连，形成了巨大的"阅读快感"。这种"悦读"体验，就是"阅读后遗症"。必须靠阅读他下一本作品才能治愈，就像抽烟、吸毒、喝羊肉汤一样。

那么，是什么使我们连呼过瘾、欲罢不能的呢？作家的"大烟骨朵"是什么呢？

是故事情节吗？是独特的感触吗？是经典的词句吗？都是，又都不完全。

我的回答是："语言。"

是作家一句接一句的语言。是他一句接一句地向你讲述，让你觉得"这些我也感受到过，只是写不出来或没写出来"的叹为观止的语言。不知大家能否理解，我的结论就是这样。

依我的体会，文学语言的最大功能，就是传递形象。文学语言能调动你全部的视觉、听觉、嗅觉，将你带入既熟悉又陌生的知觉中。

与此对应，新闻语言的主要功能是传递信息。诗歌语言的主要功能是传递情感和意境。哲思类文章的主要功能是传递道理——管理类的书籍就属于这一类，读了让你大呼："对呀，原来是这样呀！"

唯有文学语言，在穿透你内心的凝固层方面，最犀利，最有效，最全面，最直接。

所以，无论你喜欢读什么书，都不会舍弃小说、散文。你之所以忘我地相信那些虚假的故事，替古人担忧，替死人落泪，那是因为你内心的凝固层被打通了，你的"地基"和"地上"完全融合了，享受了最真实的自己。

你将自己放入一个非己的故事中，旁观别人的"地下"，进而打透自己的"地上"，形成"身经二世"的顿悟和通感；你轻松地搭上一辆火车，途经一个个站点，形成对自己人生交响乐般的丰富感知和预期。你不必去犯罪，但你想知道犯罪的人瞬间是怎么想的；你不必参加战争，但你渴望了解那些战争中的心灵；你不想死亡，但你懂得自己必然死亡，你想遥望一下别人对死亡的思考；别人相爱了，你仿佛也回忆起了自己的爱情。

黑贝尔说："文学要表现灵魂的内在运动。"我们的灵魂是怎么运动的？你如果有记日记的习惯，会发现，你记的都是事儿，都是流水账，鲜有心情。一年下来，怎么都是事儿呢？我们的心情都去哪儿了？现在的心情，和去年的心情有何区别？我们的灵魂，在现实中是流不动的，

河道是淤塞的！米兰·昆德拉说："我们私底下是一个人，面对别人又是一个人。"我们私底下的感受，根本无法通过现实的河道流给别人。唯一的方式，就是阅读。借助别人的故事和灵魂的流动，我们的自我才能流动起来。

这是读书一大不为人知的骨灰级的魅力。我也是这次才意识到这一点。原来，我每天不停地读，享受的是灵魂之水得到释放、自然流动的喜悦。白天，它们都被框住了。只有靠阅读，才能打开堤坝，恣肆汪洋一下，旁观、感动一下。"啊啊，原来，内在的我，还这么丰富！"

就像你独自背着包爬到了山顶，看到了罕见的美景；就像一个藏友收集到了一枚失传的文物；就像男人娶到了女明星——这种骨灰级的魅力，只能私享，无法传递给别人；只能庆幸，无法描述。

罗振宇说：我们现在的学习结构发生变化了。不是学习了马克思主义的全套方法，你也可以成为马克思了。这个，连马克思自己也做不到。在信息如此发达的今天，我们还费劲地向别人学习、读书，很多时候已经不是为了学习他具体的经验，而是为了照亮自己的环境。

读管理类的、鸡汤类的书，也是照亮环境。只不过，是"学以致用"的，手电筒型的，立刻就能让你穿过某些障碍，走得更顺利、潇洒。而文学类的书，却是地基型的照亮，并不能直接帮你看到地面上的路况，只是由底而上，带上来一些养分，让你的身心环境更通亮，支撑你更好地穿过地面上的障碍。可惜，我们的地基和地上，是隔开、关闭、凝固的，手电筒不起作用。

这么说，大家或许会理解一些我为什么说"让日常阅读成为穿透我们内心凝固层的钻头"了吧？

没有比文学更好的电源。没有比"量化到天"更好的钻头。没有比文学语言更好的滋养！

三、养成日常阅读习惯的好处

最后，我以切身的体会，再剧烈地勾引一下大家！

前边说的，是战略和方法。养成日常阅读的习惯是战略，量化到天是方法，剖析透内心的凝固层是对敌分析。还要有利益刺激。

说实话，当我一下子列出了下面这读书的六大好处，连自己都庆幸了。我恨不得立即告诉我媳妇儿："看看，读'破书'竟有这多好处！"可惜，我媳妇儿出差了。

好处一：你的阅读量会大大增加。

这是毋庸置疑的。

过去，你逮着一本好书，可能会读个昏天黑地，但，读完了，可能好长时间再不摸书。一段时间过去，还是感觉读书太少，陷入读书焦虑状态。

每辆车都能开快，但你总是兴之所至，走走停停，总体上看，跑得并不快。老司机都是均匀地跑，不超速，不低于80（公里／小时）。尤其是这个"不低于80"，能让你跑得更远，更快。

好方法，都是最简单易懂的。读书，真的有近路可抄，有机可投。一般人我都告诉他，爱听不听。

好处二：你会找到一个伴儿。

打开一本书，就是找到了一个伴儿。

打开一本书，就是撑开了一个独处的小帐篷。

打开一本书，就是打通了一个和自己、世界对话的隧道。

随时随地，不必担心自己没事做、陷入孤独，还有一本书等着你呢。孩子终归会离开你，不必追。夫妻总会有隔阂，总会有一个先走。朋友总是各忙各的，在呼唤与应答之间，总是有"关机"和"不在服务区"。父母和亲人总会老的。读书吧。趁视力还好，身体还行。世界那么大，你只需打开一本书看看。

我曾感慨："为什么读书？因为人都是要死的！"

又想："人为什么要活着？因为有那么多书还没读！"

也曾不止一次地想："到我晚年时，孩子该干嘛干嘛，媳妇儿爱干嘛干嘛，不必管我，怕我闷。有书呢，我一个人待着，美着呢！"

还想到："这个世界上最大的不幸，不是人活着，钱没花掉，而是人活着，视力不行了，无法看书。"

好处三：你会拥有一个神奇的时间收集器。

你再也不会感慨"时间都去哪儿了"。有每个月的读书清单在，它就被你夹在这一页一页的书里，一行一行的画线和批注里。

你再也不会觉得自己的光阴在虚度，空虚、无聊。

你再也不会恐惧自己老了。管你岁月是把什么刀，我都是逆生长型的！所谓"每天读书，岁月静好，不知老之将至"是也。

生命不就是这么一天天读下去吗？日复一日，将新的一天拽过来，拉到身边，再甩到身后。曾几何时，我们的生活早已一成不变了。老师更是如此。我们基本已经可以确定，自己明年也不会换工作、换行业，和今天的日子差不多。我们的教案，早已经"大稳定小调整"，对着一层又一层的小脑袋重复地讲。我们的生活就像每天开的车，当然看重它的光洁，谁也不愿掀开机盖去看它脏乎乎的发动机。

空闲的时间，你不读书，也会将时间的边角料花在翻微信、上网、打游戏、追剧、喝酒、聊天、发呆等方面。现在，你都收集起来了。换句话说，你之所以有时间做上述这些事，说明你空闲的时间还是很多的，只不过，都分散地浪费掉了，没有找到一个固定的爱好和容器。

读书就是一个最简单、最容易、最便宜、最值得你拥有的时间收集器。

好处四：你会养成规律的作息习惯。

我每天都午睡，似乎，从 20 多岁就开始了。每天都早睡早起。偶尔也晚睡，但一定早起。一天作息不规律，脸上就起小痘痘。也不是刻意地这样。仿佛很多形成习惯的事，都会不知不觉地理顺和规范你的生理作息。我听一个坚持跑步的朋友讲，由于他每天都要跑 5 公里，无论上班、出差还是做别的，到 5 点钟就醒了。他自觉地戒了烟，11 点前入睡。以前，他经常打牌、应酬，凌晨两三点睡觉很正常。我想，这大概是每天有个"读 50 页""跑 5 公里"的规律性的事做，久而久之，倒推着你的作息与之适应的结果吧？极有可能。不信，你试试。

午睡，真的很好！我戏称为"关机重启"。我身边的熟人都知道我这个特点。我一个做医生的朋友打过一个比喻："你的心脏是一楼，你

的大脑是二楼，午睡就是让二楼和一楼平躺一会儿，让水泵固定地休息一下，对你这台机器的运转绝对有好处。"

好处五：你会获得"手不释卷"的名声。

我这不就被刘玉霞揪过来了嘛！

你身边的朋友会感慨："你读书真多！这个习惯真好，对孩子的影响尤其好！"

有一次，我和一个程总相约吃饭。我先到，程总和他的贾工后到。我和贾工只互相知道，第一次见面。入座后，贾工对我说："刚才程总在找车位，我进来扫了一眼，人太多，没找着你。程总告诉我，'侯哥微信说已经到了。你就找找，看有没有看书的，那就是他。'我一眼就看到，角里有一个读书的，果然是你！"

看春晚时，刘欢一唱《从前慢》，我立刻发朋友圈："这首歌的歌词是木心的一首诗！"别人会问："木心是谁？"我得意地回："不告诉你，自己问百度去！"

和朋友聊天，你们总有话题。他们会问："你看过那个谁的书没有？"或："我看你的微信，刚读了那本书，我也读过，咋读不进去？"或："给你推荐本书吧！"像刘玉霞这样，让我给她推荐书读的，自然也很多。

出差，我会按天数的三倍备足"干粮"，以防"断顿"。因为，等飞机、高铁和在异地酒店的早上起来，我的阅读量会大增。从北京回到郑州的途中，两三个小时，聊聊天，睡睡，总还能高质量地读一个多小时书，一二百页轻松就读完了。

好处六：你会形成宠辱不惊的处世态度。

读书，就是读自己。你等于跟随着作者，对许多尘事、情感、体会和极端的苦难，都预先经历过了。当你的生活中真的出现这一幕时，过去的阅读会立刻帮助你。"哦，这就是谁谁谁说的那个意思！"或："这简直就是谁谁谁的翻版！"或："没想到，这样的事竟然发生在我身上。"你的思考、表达、处理，会以过去所有的阅读储备造成的综合影响，来支撑你、安慰你、温暖你。

平时，和一个生人结识，你能凭着一种直觉，找到知音！什么叫胸无点墨，什么叫腹有诗书气自华，像黑人和白人一样区别鲜明。在地铁里、火车上，我最心仪的女性，就是戴上耳机、捧一本书静读的女孩儿。我有句："女人爱读书，温暖一个家族。"如果竟遇到一个看书还夹一支笔，做画线、批注动作的人，那铁定是一个和你同类的书痴！

今年2月14日，我的奶奶90岁寿终。在她临终和葬礼期间，我想到："我奶奶活了90岁，杨绛活了105岁，她们有何不同？为何我觉得对杨绛比对我奶奶还熟悉？"我的回答是：读书。杨绛读了一辈子书，并让我读到了她的书。我奶奶不识字，死了，不会有什么思想和著作留给我们。她死了，最大的功绩，是创造了我们家族最高寿的纪录，别的，似乎无有。我奶奶的晚年，总让我想到"寿多则辱"这个词。而杨绛，则活成了人瑞，在96岁高龄还能写《走到人生边上》。不知为什么，看着村中那些一天老似一天的老人，包括比我年长的"中年人"，我总想到我的晚年："不行，不能这么过，得有本书看才行！"

总之，读书多的好处，多得罄竹难书！

以上，就是我这几天为了来"过关"，抱臂沉思，在纸上写写画画，又对着电脑整理出的汇报心得。可能还有别的。水平有限，先说这么多吧。

感谢刘玉霞，让我有了这么一次深入地思考自己为什么读书的机会。

感谢大家耐着性子听我讲完。但愿我杂七杂八说的这些，能对大家有一点儿用，别骂被我浪费了时间。

写于 2017 年 4 月 16 日 ~ 17 日

演讲于 2017 年 4 月 19 日

2014 年读书清单

【1月：5本】

至1月22日，读完木心讲学笔录《文学回忆录》（上下册）2本。

1月23日，重读刘震云小说集《温故一九四二》1本。2月1日读其长篇小说《故乡天下流传》1本，无再读价值。计为1本。

至1月24日，读完（法）加缪长篇小说《局外人》1本。

至1月29日，重读完莫言小说集《欢乐》1本。好小说！之前，还重读了《透明的红萝卜》，更喜欢他的语言了。

【2月：5本】

至2月1日，重读完冯唐散文集《活着活着就老了》1本。

至2月12日，读完加缪长篇小说《鼠疫》1本。

至2月21日午，读完佚名杂书《×××夺储败亡记》（上下册）2本。

至2月21日晚，读完（美）托尼·莫里森长篇小说《最蓝的眼睛》1本。没感觉，没读懂。

【3月：4本】

至3月9日，读完老舍短篇小说集《赶海集·樱海集·蛤藻集》1本。

至3月11日，读完《曾国藩全集》第三卷1大本。计500页，皆日记。

至3月17日，读完孟非随笔集《随遇而安》1本。

至3月23日，读完颜歌长篇小说《我们家》1本。也就那样，不太喜欢。

【4月：6本】

至4月7日，读完路舒华散文集《人间烟火》1本。

至4月8日，读完《收获》杂志1本，上有宁肯的长篇小说《三个三重奏》1部。

至4月12日，读完方方长篇小说《涂自强的个人悲伤》1本。

至4月15日，读完苏童中篇小说集《妻妾成群》1本。

至4月22日，读完陈丹青散文集《草草集》1本。

至4月26日，读完格非散文集《博尔赫斯的面孔》1本。

【5月：9本】

至5月2日，读完苏童中篇小说集《红粉》1本。

至5月4日，读完《曾国藩全集》第四卷1大本。计536页。

至5月12日，读完苏童中篇小说集《骑兵》1本。

至 5 月 15 日，读完格非散文集《文学的邀约》1 本。

至 5 月 18 日，读完（日）渡边淳一长篇小说《紫丁香冷的街道》1 本。

至 5 月 23 日，读完渡边淳一长篇小说《不可告人的夜》1 本。

至 5 月 25 日，读完渡边淳一长篇小说《失乐园》1 本。天哪，极品！

至 5 月 27 日，读完渡边淳一长篇小说《再爱一次》1 本。

至 5 月 31 日，读完渡边淳一长篇小说《冰纹》1 本。

【6 月：8 本】

至 6 月 4 日，读完渡边淳一言论集《优雅地老去》1 小本。

至 6 月 7 日，读完渡边淳一言论集《钝感力》1 小本。二本言论集皆人生说教类的，乏味至极！倒胃口，上当了！

至 6 月 8 日，读完陈丹青散文集《无知的游历》1 本。漂亮！清新！

至 6 月 12 日，读完冯唐长篇小说《欢喜》1 本。一路货色，读过也就算了。

至 6 月 16 日，读完陈丹青散文集《多余的素材》1 本。是他集子里最差的一本。

至 6 月 19 日，读完苏童短篇小说集《神女峰》1 本。

至 6 月 22 日，重读完莫言长篇小说《天堂蒜薹之歌》1 本。经典啊！

至 6 月 30 日，读完周作人散文集《雨中的人生》1 本。腻！散文读多了，就腻。

【7月：5 本】

至 7 月 4 日，读完乔叶中篇小说集《最慢的是活着》1 本。

至 7 月 8 日，读完苏童短篇小说集《向日葵》1 本。

至 7 月 18 日，读完（英）D.H. 劳伦斯长篇小说《查太莱夫人的情人》1 本。

至 7 月 22 日，读完《朱自清散文全集》（上）1 本。

至 7 月 27 日，读完《朱自清散文全集》（下）1 本。

【8月：10 本】

至 8 月 3 日，读完（哥伦比亚）加西亚·马尔克斯长篇小说《族长的秋天》1 本。

至 8 月 6 日，读完孟昭毅主编的教材《外国文学史》1 本。

8 月 8 日，一口气读完加西亚·马尔克斯散文集《我不是来演讲的》1 本。

至 8 月 10 日晨，读完（英）V.S. 奈保尔长篇小说《米格尔街》1 本。

至 8 月 13 日，读完（法）卢梭散文集《一个孤独的散布者的梦》1 本。

至 8 月 19 日，读完（法）安德烈·布勒东长篇小说《娜嘉》1 本。

至 8 月 20 日晨，读完阿成散文集《风流闲客》1 本。

至 8 月 23 日午，飘完（爱尔兰）詹姆斯·乔伊斯长篇小说《一个青年艺术家的肖像》1 本。

至 8 月 27 日晚，读完陈丹青散文集《退步集》一本。

至 8 月 31 日晚，读完陈丹青散文集《纽约琐记》一本。

【9 月：8 本】

至 9 月 6 日，读完《卡夫卡小说全集 2》（长、短篇卷）1 本。

至 9 月 7 日晨，飘完加缪散文集《置身于苦难与阳光之间》1 本。过而不入。

至 9 月 9 日，读完史铁生散文集《我与地坛》1 本。

至 9 月 15 日，读完史铁生散文集《病隙碎笔》1 本。

至 9 月 16 日，读完（法）索菲·里夏尔丹散文集《千面人萨特》1 小本。

至 9 月 20 日，读完（法）萨特散文集《文字生涯》1 本。

至 9 月 24 日，啃完《卡夫卡小说全集 3》（中短篇卷）1 本。

至 9 月 29 日，读完贾平凹短篇小说集《荷花塘》1 本。

【10 月：10 本】

至 10 月 3 日、5 日、7 日，分别读完苏童中篇小说集《罂粟之家》《训子记》《刺青时代》3 本。

至 10 月 8 日，览完木心诗集《我纷纷的情欲》1 小本。

至 10 月 10 日，读完（英）培根《培根随笔集》1 本。

至 10 月 14 日、24 日，分别读完贾平凹短篇小说集《山镇夜店》《晚唱》2 本。

至 10 月 17 日，读完格非长篇小说《隐身衣》1 本。

至 10 月 18 日，读完《卡夫卡小说全集 1》（长篇卷）1 本。

至 10 月 31 日，读完（法）帕特里克·莫迪亚诺长篇小说《暗店街》1 本。

【11 月：9 本】

至 11 月 2 日，读完贾平凹短篇小说集《小人物》1 本。

至 11 月 4 日，读完帕特里克·莫迪亚诺中篇小说《青春咖啡馆》1 小本。

至 11 月 5 日，读完苏童长篇小说《武则天》1 本。

11 月 6 日，读完帕特里克·莫迪亚诺中篇小说《夜半撞车》1 小本。

至 11 月 20 日，哨完史铁生长篇小说《务虚笔记》1 大本。

至 11 月 23 日，读完比目鱼散文集《刻小说的人》1 本。

至 11 月 25 日晚，读完张贤亮散文集《心安即福地》1 本。

至 11 月 27 日，览完帕特里克·莫迪亚诺中篇小说《缓刑》1 小本。

至 11 月 30 日，读完张贤亮散文集《美丽》1 本。

【12月：9本】

12月3日，读完何建明长篇报告文学《南京大屠杀》1部（载12月刊《人民文学》）。

12月4日，读完帕特里克·莫迪亚诺中篇小说《地平线》1小本。

至12月6日，读完阎真长篇小说《活着之上》1部（载12月刊《收获》）。

至12月9日，读文学刊物上中短篇小说《我的对手》《在长乐镇》《晚祷》《帮续阿姨回忆》《火车直立行走》等5篇约20多万字，计为1本。

至12月15日，读完阿城作品集《棋王树王孩子王》1本。

至12月19日，读完阿城作品集《阿城精选集》1本。

至12月20日，读完赵丽宏散文集《读书是永远的》1本。

至12月28日，读完贾平凹长篇小说《老生》1本。

至12月31日，读完陈丹青散文集《荒废集》1本。

以上合计：88本。

统计于2014年12月31日夜

2015 年读书清单

2015 年，共读书 103 本。

对别人毫无意义，对自己，却是一年的精神行走痕迹。特保存一下。尽管，自己回头看的概率也几乎无有。

2016 年 1 月 7 日晨

【1 月：7 本】

1 月 1 日，读完陈丹青散文集《谈话的泥沼》1 本。

至 1 月 6 日，读完《鲁迅文集》1 本。

至 1 月 12 日，重读完（日）渡边淳一长篇小说《失乐园》1 本。

读苏童长篇小说系列：

至 1 月 16 日，读完《城北地带》1 本。

至 1 月 21 日，读完《菩萨蛮》1 本。

至 1 月 26 日，读完《我的帝王生涯》1 本。

至 1 月 29 日，读完《米》1 本。

【2月：7本】

至2月2日，重读完（南非）J.M.库切长篇小说《耻》1本。洗眼，不愧是诺贝尔文学奖获得者！

至2月5日，读完苏童长篇小说《蛇为什么会飞》1本。他的文集总算读完了。

至2月9日，读完钱穆文论集《中国历代政治得失》1本。好书！

至2月15日，读完董桥散文集《清白家风》1本。好书。

至2月17日，读完谢泳文论集《思想利器——当代中国研究的史料问题》1本。最大的收获是确认了"钱锺书"的写法。

2月19日（正月初一）～25日，重读完（俄）列夫·托尔斯泰长篇小说《战争与和平》（1）1本。大过年的，想念托尔斯泰，欣然重读。

至2月26日，读完许建平中短篇小说集《生存课》1本。

【3月：7本】

至3月3日，读完余华散文集《我们生活在巨大的差距中》1本。

至3月5日，读完谢泳散文集《杂书过眼录——往事重思量》1本。

至3月9日，读完孔庆东散文集《正说鲁迅》1本。

至3月13日，读完《战争与和平》（2）1本。

至3月23日，读完《战争与和平》（3）1本。

至3月27日，读完《战争与和平》（4）1本。

至3月31日，读完（英）伊恩·麦克尤恩短篇小说集《最初的爱情，最初的仪式》1本。

【4月：8本】

至4月1日，读完韩寒散文集《我所理解的生活》1本。

至4月6日，读完阎连科长篇小说《受活》1本。

至4月6日，读完（法）莫里哀戏剧《伪君子》两遍，计为1本。

至4月10日，读完（美）朱小棣散文集《闲书闲话》1本。

至4月19日，读完列夫·托尔斯泰长篇小说《安娜·卡列宁娜》（上）1本。

至4月19日，读完《九评共产党》1本。

至4月26日，读完《安娜·卡列宁娜》（下）1本。

至4月28日，读完钱理群研究鲁迅文论集《心灵的探寻》1本。

【5月：7本】

至5月4日，总算读完赵丽宏散文集《岛人笔记》1本。枯燥无味，昏昏欲睡。

5月5日，览路舒华诗《地狱天堂》1小册。

至5月9日，读完《王朔文集·随笔集》1本。一被贴上"痞子文学"的标签，他就躲不掉喽。但文字犀利刁钻，颇可一读。

至5月17日，第N次重读完列夫·托尔斯泰长篇小说《复活》1本。

至5月22日，读完（美）某作家长篇小说《追风筝的人》1本。一般，拿起能放下。

至 5 月 28 日，读完（美）某作家写托尔斯泰夫妇情感恩怨的传记《爱与恨》1 本。印象深刻！加深认识：作家就是普通的人，只写作时除外。

至 5 月 31 日，重读完张贤亮长篇小说《习惯死亡》1 本。14 岁时买，30 岁时曾重读一遍，今又读，如初读般陌生。一般，拿起能放下。

【6 月：9 本】

至 6 月 6 日，读完《阎连科短篇小说选》1 本。

6 月 7 日，览完余凤高、潘志良散文集《书里书外人》1 本。

至 6 月 8 日，览完（美）斯蒂芬·平克哲学著作《人性中的善良天使》1 本。浏览一过，没多大意思。

6 月 15 日，览潘新日散文集《秋红》1 本。初次集文出书，质难免不佳。

至 6 月 16 日，览完潘新日诗集《一树槐花》1 本。清丽，质均，很像吾心目中的"诗集"。

至 6 月 24 日，读完《阎连科散文》1 本。写惯小说的人，简直不会写散文！

至 6 月 27 日，读完汪曾祺散文集《彩云聚散》1 本。通"散文式小说"精神！

至 6 月 29 日，啃完（法）马赛尔·普鲁斯特长篇小说《追忆似水年华》（上）1 大本！超级难读、超级长。

6 月 30 日，翻某杂志赠阅的某君日记《微阅读》1 本。

【7月：8本】

至7月5日，重读完何建明纪实文学《南京大屠杀全纪实》1本。

至7月10日，读完钱穆（学生整理讲义版）《中国文学史》1本。

至7月13日，读完汪曾祺短篇小说集《受戒》1本。

至7月14日，读完孟庆澍文论集《历史·观念·文本》1本。

至7月22日晨，读完汪曾祺散文集《一辈古人》1本。

至7月26日晚，受读孟庆澍影响，重读完莫言长篇小说《蛙》1本。经典作品！读完，又重读孟庆澍对此小说的评论，自有一番新感慨！

至7月28日晚，览李犁短篇小说集《创痛》1小本。作者的气息很重要！

至7月31日晨，重读完刘震云长篇小说《我不是潘金莲》1本。经典！

【8月：11本】

至8月3日，读完《张洁文集·散文随笔卷》1本。没啥印象。

至8月5日清晨，翻完李犁长篇小说《沉年》1本。不好。

至8月8日晚，读完《张洁文集·中短篇小说卷》1本。过而不入。

至8月13日，读完木心散文集《哥伦比亚的倒影》1小本。有收获。

至8月17日晚，读完阎连科中篇小说集《耙耧系列Ⅰ》1本。有精品！

至 8 月 20 日晚，读完木心随感集《素履之往》1 小本。

至 8 月 21 日晚，读完木心随感集《琼美卡随想录》1 小本。

至 8 月 22 日清晨，读完木心诗集《西班牙的三棵树》1 小本。

至 8 月 23 日晚，览完木心诗文集《云雀叫了一整天》1 小本。颇有所感，作文两篇。

8 月 24 ～ 25 日，读完张洁长篇散文《世界上最疼我的那个人去了》1 本。真挚之书，虽纯个人怀念母亲，别人亦读得进去。

至 8 月 31 日晚，读完格非长篇小说"江南三部曲之一"《人面桃花》1 本。不好。

【9 月：9 本】

至 9 月 10 日，读完《十月》杂志 1 本。包括陈启文中篇小说《短暂的远航》，徐贵祥短篇小说《识字班》等，别的，一翻而过。杂志，就是几个人的各种作品被混编在一本里的书。

至 9 月 13 日，读完格非长篇小说《山河入梦》1 大本。仍不好。

9 月 13 日～ 14 日，读完格非长篇小说《春尽江南》1 大本。乏味至极。实在读不出好来。就这，就能获茅盾文学奖?!

至 9 月 17 日夜，读完（日）久保田和男专著《北宋开封研究》1 本。津津有味。

至 9 月 20 日晨，读完二月河散文集《随性随缘》1 本。好书！

至 9 月 22 日夜，读完张荫麟专著《中国史纲》1 本。好书。惜乎仅止于汉，著者 37 岁卒！

至9月24日晨，读完伊恩·麦克尤恩长篇小说《水泥花园》1本。识"不靠谱（不完全）的讲述者"的魅力。

至9月29日凌晨，读完《鲁迅全集1》1本。

至9月30日晨，阿成（注：非《棋王》的作者阿城）短篇小说集《羞涩与凶残》1本。略有所悟。

【10月：9本】

至10月6日，读完《鲁迅全集2》1本。

至10月8日晚，览完台静农专著《中国文学史》（上）1本。至10月10日晚，览完（下）1本。一翻而过，不求甚解。文人而去教书，所写教案实在乏味也。

至10月13日晨，览完《鲁迅全集3》1本。

至10月16日晨，读完杨争光小说集《老旦是一棵树》1本。

至10月18日午，重读完陈丹青散文集《笑谈大先生》1本。

至10月22日晨，读完《鲁迅全集4》1本。

至10月25日晨，读完J.M.库切长篇小说《迈克尔·K的生活和时代》1本。似懂非懂。确是令我"一再进入那些令人憎厌的人物的内心深处"的作品。

至10月29日晚，读完《萧红全集·散文卷》1本。她的散文格调甚低，回忆鲁迅的篇什除外。

【11月：11本】

至11月5日夜，读完《鲁迅全集5》1本。

至11月8日夜，翻完学术专著合集《开封：都市想象与文化记忆》1本。

至11月14日傍晚，读完《鲁迅全集6》1本。

至11月19日晚，读完《鲁迅全集7》1本。

至11月20日晚，览完钱理群专著《1948：天玄地黄》1本。

11月21日至22日晨，翻完《鲁迅全集8》"集外集拾遗补编"1大本。无聊之至！

11月22日一天，翻完《鲁迅全集9》"中国小说史略"1大本。一翻而过。

至11月24日晚，翻完《鲁迅全集10》"译文序跋"1大本。一翻而过。

至11月24日夜，读完（法）米兰·昆德拉长篇小说《生活在别处》1本。

至11月28日下午，读完伊恩·麦克尤恩长篇小说《黑犬》1本。

11月28日晚，读完米兰·昆德拉中篇小说《庆祝无意义》1小本。他的这小说，让人生出一种幻灭的绝望感——人家都写成这样了，咱还写啥？

【12月：10本】

至12月5日凌晨，读完《鲁迅全集11》"两地书、书信"1本。

至 12 月 6 日晚，览完《鲁迅全集 15》"日记 1912～1926" 1 本。

至 12 月 9 日晚，读完池莉中短篇小说集《一夜盛开如玫瑰》1 本。

至 12 月 12 日晚，读完米兰·昆德拉长篇散文《帷幕》1 本。好书！

至 12 月 13 日晚，览完《鲁迅全集 16》"日记 1927～1936" 1 本。

12 月 14 日，翻完《鲁迅全集 18》1 本。仅生平和笔名略可观。《鲁迅全集 17》毫无意义！

至 12 月 18 日夜，翻完《鲁迅全集 13》"书信" 1 本。

至 12 月 20 日午，翻完《鲁迅全集 14》"书信" 1 本。至此，18 卷全完。

至 12 月 25 日晚，翻完（澳）张钊贻专著《鲁迅：中国"温和"的尼采》1 本。

至 12 月 27 日下午，读完米兰·昆德拉小说集《好笑的爱》1 本。

以上合计：103 本。

2016 年读书清单

一个人的阅读史，没有任何参考价值。

只是"每天读书 50 页"而已。

共读 86 本，比 2015 年少 17 本。

所读书目为：

【1 月：7 本】

至 1 月 1 日午，读完田中禾中篇小说集《印象》1 本。多次辍读，总算读完，依然不喜欢。

至 1 月 12 日晚，读完米兰·昆德拉长篇小说《不朽》1 本。经典！

至 1 月 17 日晚，重读完陈丹青散文集《退步集》1 本。

至 1 月 24 日下午，重读完衣向东短篇小说集《只告诉你一个人》1 本。

至 1 月 27 日晨，读完朱小平散文集《无双毕竟是家山》1 本。

1 月 27 日夜，一翻而过《宋朝方志考》1 大本。

至 1 月 31 日夜，读完杨争光中短篇小说集《公羊串门》1 本。

【2月：4本】

至2月2日下午，翻完《杨争光短篇小说集》1本。恶。扔。

至2月3日晨，翻完杨争光长篇小说《越活越明白》1本。亦恶，扔。

至2月13日下午，读完（清）蒲松龄《聊斋志异》上卷1本。叹为观止。

至2月28日上午，读完《聊斋志异》下卷1本。好书。

【3月：5本】

至3月1日夜，读完张翎长篇小说《睡吧，芙洛，睡吧》1本。尚可。

至3月10日夜，读完（美）威廉·曼彻斯特纪实作品《光荣与梦想1》1本。好书！

至3月12日下午，读完伊恩·麦克尤恩长篇小说《赎罪》1本。过而不入。

至3月18日晚，读完《光荣与梦想2》1本。

至3月27日晚，读完《光荣与梦想3》1本。

【4月：5本】

至4月1日夜，读完仇勇文论《新媒体革命》1本。难得一见的能让我细读完的这类书。

4月1日，用10分钟览完《餐饮O2O你也学得会》1本。

至 4 月 11 日夜，读完《光荣与梦想 4》1 大本。

至 4 月 17 日下午，读完伊恩·麦克尤恩长篇小说《爱无可忍》1 本。好书！过瘾！

至 4 月 21 日晚，读完《列夫·托尔斯泰文集 17》"日记" 1 本。好书！

【5 月：9 本】

至 5 月 2 日午，读完《列夫·托尔斯泰文集 1》"童年·少年·青年" 1 本。

至 5 月 7 日，读完《列夫·托尔斯泰文集 2》"中短篇小说" 1 本。

至 5 月 11 日晨，读完伊恩·麦克尤恩长篇小说《无辜者》1 本。

至 5 月 17 日夜，读完（清）吴敬梓《儒林外史》1 大本。清通可喜。

5 月 18 日，重读完谢泳文论集《思想利器——当代中国研究的史料问题》1 本。胡风啊，胡风！D 国啊，D 国！

至 5 月 22 日上午，读完张向持长篇非虚构写作《圣殿》1 本。

5 月 22 日，览毕杨庆化散文集《汴京赋》1 本。能好到哪儿去呢？

至 5 月 28 日晨，读完宁肯长篇小说《环形山》1 本。

至 5 月 29 日夜，览完梁实秋散文集《雅舍忆旧》1 本。

【6 月：8 本】

至 6 月 5 日晨，读完贾平凹长篇小说《极花》1 本。文感！语言！

至 6 月 10 日上午，览完刘恪文集《耳镜》1 本。失望。

至 6 月 13 日晚，读完《列夫·托尔斯泰文集 3》"中篇小说" 1 本。

至 6 月 15 日夜，读完渡边淳一长篇小说《情人》1 本。

至 6 月 17 日下午，览完林海音长篇散文《城南旧事》1 本。

6 月 20 日夜，翻完渡边淳一言论集《在一起，不结婚》1 本。

至 6 月 23 日夜，读完张晓风传记《胡风传》1 本。无营养。

至 6 月 26 日晨，读完渡边淳一长篇小说《不分手的理由》1 本。

【7 月：10 本】

至 7 月 1 日晚，读完伊恩·麦克尤恩长篇小说《星期六》1 本。

至 7 月 3 日晨，读完渡边淳一短篇小说集《女人的手》1 本。他也可以写短。还是一样的货色。

至 7 月 6 日夜，读完伊恩·麦克尤恩长篇小说《阿姆斯特丹》1 本。

至 7 月 8 日夜，读完渡边淳一长篇小说《红城堡》1 本。匪夷所思！

至 7 月 10 日夜，读完渡边淳一长篇小说《泡沫》1 本。

至 7 月 14 日，览完（俄）契诃夫中短篇小说集《第六号病房》1 本。幼稚！毫无美感。名篇还能让你重读完，就不错了。

至 7 月 18 日夜，重读完《鲁迅全集 6》一本。

至 7 月 22 日，扫完（西班牙）胡安·马尔塞长篇小说《蜥蜴的尾巴》1 本。不好。

至 7 月 23 日上午，读完《契诃夫中短篇小说选》1 本。文笔稚嫩。

翻译之恶？

至 7 月 30 日晨，重读完加西亚·马尔克斯传记《活着为了讲述》1
本。妙不可言！

【8 月：9 本】

至 8 月 3 日晨，重读完《鲁迅全集 7》1 本。

至 8 月 7 日夜，读完《杨绛全集 3·散文卷》1 本。

至 8 月 9 日夜，读完《杨绛全集 4·散文卷》1 本。

至 8 月 11 日下午，读完《杨绛全集 2·散文卷》1 本。

至 8 月 16 日下午，重读完木心《文学回忆录》（上册，陈丹青整理）
1 本。

至 8 月 24 日，重读完张汀专著《畜牧互联网应用实战》1 本。

至 8 月 29 日夜，重读完《文学回忆录》（下册，陈丹青整理）1 本。
中国失去木心，一悲！

8 月 30 日，翻冯唐散文集《在宇宙间不易被风吹散》1 本。上当。

8 月 30 日，用 10 分钟闪完冯唐长篇小说《女神一号》1 本。永不
再翻。

【9 月：9 本】

至 9 月 3 日午，重读完木心随笔集《素履之往》1 本。

至 9 月 4 日夜，重读完木心随笔集《哥伦比亚的倒影》1 本。

至 9 月 13 日晨，重读完《鲁迅全集 2》（小说卷）1 本。

至 9 月 15 日晚，重读完木心随笔集《琼美卡随想录》1 本。

至 9 月 17 日晨，重读完木心诗集《云雀叫了一整天》1 本。一首诗点亮一本书。

9 月 17 日晨，重读完木心随笔集《西班牙三棵树》1 本。

9 月 17 日午，重读完木心诗集《我纷纷的情欲》1 本。无一可取！最遭吾骂。

至 9 月 23 日夜，读完（法）卢梭文论《社会契约论》1 本。

至 9 月 28 日夜，读完（法）孟德斯鸠文论《论法的精神》1 本。

【10 月：5 本】

至 10 月 10 日晨，读完《杨绛文集 1·小说卷》1 本。

至 10 月 21 日晨，读完 2015 年诺贝尔文学奖获得者（白俄罗斯）s. a. 阿列克谢耶维奇纪实作品《我不知道该说些什么，关于死亡，还是爱情》1 本。

至 10 月 23 日晨，重读完余华散文集《我们生活在巨大的差距里》1 本。

至 10 月 27 日凌晨，终过完（美）约瑟夫·海勒长篇小说《第二十二条军规》1 本。

至 10 月 30 日夜，重读完陈丹青散文集《多余的素材》1 本。

【11 月：7 本】

至 11 月 9 日清晨，重读完莫言长篇小说《丰乳肥臀》1 本。

至 11 月 15 日清晨，读完《王蒙随笔》（上）1 本。

至 11 月 18 日晚，读完《王蒙随笔》（中）1 本。

至 11 月 21 日晚，读完《王蒙随笔》（下）1 本。

11 月 22 日，翻读《诺贝尔文学奖全集 1901—2012》上、下两大本，计为 1 本。

至 11 月 24 日晨，读完品牌推广书《罗辑思维》1 本。

至 11 月 27 日晚，读完（清）《张文虎日记》1 本。

【12 月：8 本】

至 12 月 3 日晨，重读完刘震云长篇小说《我不是潘金莲》1 本。好书！这是一本"拿起就放不下"的精品，难得一见。

至 12 月 4 日晚，重读完刘震云长篇小说《一句顶一万句》1 本。相对于《我不是潘金莲》来说，不够简洁。

至 12 月 7 日夜，览完《金元日记丛编》1 本。无所获。

至 12 月 10 日晚，览完（德）阿道夫·希特勒自传《我的奋斗》1 本。盗版，也翻一翻。

至 12 月 14 日清晨，读完（德）乔西姆·费斯特传记《希特勒传》1 本。

至 12 月 18 日清晨，读完阿列克谢耶维奇纪实作品《锌皮娃娃兵》1 本。干巴巴的。记者的一种理想级展现。她关注"感情的历程"，"而非战争本身的历程"。

至 12 月 25 日夜，读完梁实秋散文集《雅舍小品》1 本。

至12月28日夜，览完2009年诺贝尔文学奖获得者、（德）赫塔·米勒长篇小说《今天我不愿面对自己》1本。昏昏欲睡。

以上合计：86本。

2017年1月2日

短章

▲ 读完一本好书的感觉：你被抛入荒野！

▲ 红袖读书自生香。

▲ 写作是陌生人之间的文字征服，你所要做的，就是把文字写好。

▲ 有些编辑，就像古代裹脚的：只管将脚塞进那么小的鞋里，哪管你脚残不残！

▲ 【关于校对】

我把校对水平由低到高分三等：一、只能通读一遍，粗浅校改，有时竟能把对的改错。二、懂得"改语言中的错误，不改语言"。三、既能校错，又能改语言。总的来说，最好的校对，是具备同等写作水平的作者。

▲ 一本 506 页的《务虚笔记》，通篇人物都是 C、O、N、L、HJ、

M、T、F、WR、Z……读得我头昏脑涨想骂人！文学作品本来就是要努力让读者觉得真实，他偏用更抽象的英文字母来指代，拼命地将读者往书外推！史铁生用散文建立起的大家形象，被这本所谓的小说毁于一旦！

▲　一篇小说，一个故事，找到一个合适的叙述角度（叙述者），就像攀岩者抠住石头，可以把自己提到悬崖上了。

▲　读董桥。明明是现代书，却读出一股线装书味儿。

▲　一个不读书的人，精神成长就无法衡量。要么，他是天才；要么，乏味至极；要么，是一个思想的小偷，总是拼命地捕捉和偷窃别人的言论，装成自己的一知半解，到处贩卖。

▲　出书，是将文稿定稿的最好手段。

▲　读书不讲民主，无须少数服从多数。

▲　文之好坏，在于识之深浅。

▲　今人写和今人写的旧体诗，我素排斥。吾一讨，这些旧体诗作者即欣然题赠，恍若遇知音！由此想到，我每次逢人讨书，也极虚荣地奉上，太多的也是不顾羞耻。

2015 年 3 月 17 日整完

札记

▲ 咪蒙就是狐仙版的张爱玲。

▲ 《聊斋志异》就是蒲松龄开的一微信公众号。

定位精准，篇篇原创，趣味恒定，爆点极多，一刷新即令粉丝喜大普奔，日积月累，遂成亿万大号。

这种号和开这种号的人，可遇而不可求，几千年就此一个。

可惜，老蒲穷极一生，72 岁了还在考官找工作，写公众号只是业余爱好，始终也没获得投资。

▲ 托尔斯泰对自己的弟弟说："你具备作为一个作家的全部优点，然而，你缺少作为一个作家所必须具备的缺点，那就是偏激。"

▲ 赠书题词：写小说的感觉就是，你截取了一段世界，放进一间屋子，锁门，回到现实中，那屋门在你身后也关闭了——从里边将你关到外边。再回来时，你已经变了许多，然而，它，屋里的那个世界，一

点儿没变！

▲ 蜜蜂采百花是为了酿蜜，我们读万卷是奔着写自己的东西。

▲ "一个人的传记应该由一个诚实的敌人来写。"——威尔斯说。

▲ "作文忌用过多的虚字。该转的地方，硬转；该接的地方，硬接。"——梁实秋的国文先生徐镜澄教的作文技巧。

▲ "我对你体内蕴藏的总是能轻易而优雅地放弃自己给自己的承诺的丰富的智慧与涵养表示狼狼的敬意！"
某文友的散文集一拖再拖，等得着急，在其微信上留言，催一下。

▲ "投稿嘛，投出去，就不管了！"一个文友这样告诉我。

▲ 有了网络，投稿算是幸福的。
要的就是陌生协作的状态：我投给你，就是你的事儿了。

▲ 文学作品是白开水，新闻作品是茶水。白开水凉了还能喝，茶水凉了只能倒掉。好的文学作品像酒。

▲ 一个人读过的书，就是其精神行走的管道。

▲　你死了，你的日记就成为无主的羔羊，仿佛皇上撇下的妃子。

▲　现实的事儿，你气愤，拿头去撞，只会撞得自己头破血流，还不顶用。你用艺术之手轻轻地一推，对方就屁滚尿流了！

▲　写作才能的主要条件之一，是要隐瞒在达到写作才能上所花的力气。

▲　持续写作的最重要的技能是什么？

我的答案是：别感冒。

若是持续、密集的写作，重要程度再乘以2。

▲　为何有的作家喜欢将自己发配到水库、工地、宿舍写作？

养住气。养住一股气。偏远、交通不便、无有娱乐、食堂又准点儿，好一鼓作气写完，再回城里改。

▲　阅读是碎片化的，写作是反碎片化的。

▲　别人出书，都在证明自己行。我出的每一本书，都在证明自己不行。

▲　如何才能成为一个优秀的校对？我的理解是：

一、必须识字，且幸运地识字不太多。

二、必须懂写作，且幸运地懂不太多。

三、在前二者的基础上，只改语言的错误，不改语言。

▲　"诺贝尔赏金，梁启超自然不配，我也不配。"鲁迅说。——我总在想，若诺贝尔文学奖竟悍然授予梁启超，鲁迅又该说啥？

▲　啃特别难以下咽的书的一大好处是，可以促进你读别的书。——终于凭毅力啃完了普鲁斯特的《追忆似水年华》(上)，途中却读完了另外 4 本书，仿佛……吃了一碗米饭，却搭配进去 4 盆菜！

▲　杨绛说，翻译就是铺地板，必须一平方米一平方米地铺，不能跳跃，不能倒着来。

▲　只有日记，才能保留一丝和自己对话的可能。

▲　守脑如玉。好词！我们的脑，还有几个"处女"？

2017 年 3 月 19 日整理

三辑·生意

在《安宁》里，收有一组「生意与生活」的文章，语多激愤，私怨甚烈，出版前被建议「抽去」。吾坚持保留。到了这一本里的这一组，算是一个完结。事儿过去了，瓶里的水自然就慢慢澄清。我惊异于在那被挤的状态里，竟暗暗写了这么多。也亏得写了，各种心情还可凭记录保存和复活。

失控

赤裸裸的表演，失去了所有人的支持。明知是面墙，还非要去撞。你一提醒他，他不但不听，还变本加厉！

他有权这么做。他的权力是你赋予的。你赋予他权力之后，他就不听你的劝阻和监督了。

这是一种什么样的自以为是和桀骜不驯！任何给他提建议者，都被他视作异端和仇敌。你刚一提，他就排斥，断然否决，恼羞成怒，不屑一顾。于是，造成剑拔弩张的对抗，彼此都更坚定自己的立场，接受不了对方。这已经不是论证这件事的智商的问题，而是关乎人格和荣誉的问题。

假设说，他真是天才，真理掌握在他手里，在这件事上，他有独到之处，非你所能理解，也就罢了。可是，这是常识啊！是任何一个 3 岁小孩儿都知道的常识，不能那样做啊！他却偏要做。你只能眼睁睁地看着。

你失控了。

2015 年 1 月 20 日晨

反对

他想到一个东西。

他觉得，那是自己想破脑袋才想到的，简直妙不可言，没有比这更好的了。其实，那是连狗屎都不如、经不起任何推敲的常识性的错误方案。

在所谓内部征求意见时——他巴不得就是一场对他溜须拍马的欢呼会——我当即表示不赞同。

这一下，可捅爆了炸药包，激怒了他。他的权威竟然遭到质疑，这还了得?! 他要的就是"一人呼号，满堂唱喏"的牛 × 感，我非要给他戳破，说他"分明啥都没穿"，他的脸怎能不气得猪肝黑？

他当场就断然否定了我的意见。不管是我否定他的部分，还是提合理建议的部分，均油盐不进，一概拒绝。仿佛因了是我提的，越发地油盐不进，一概拒绝了。

接着，他就强硬地推行开了他想的东西。

私下里，问了一些身边的人，大家对他的感受，也都是"明知是堵南墙，且看他非要去撞"的摇头。

大家的"绥靖"，并非糊涂，而是"姑且由他"！——反正他总是一意孤行，还始终在找窟窿繁蛆地捕捉完不成销售任务的借口，你一提反对意见，他巴不得把"那你拿一个方案让我执行啊"的球踢给你，将来再把完不成的责任归结为你提的方案。与其说大家怕担责任和提不出营销方案（整个项目本来就是以他是唯一的销售大腕儿为前提启动的），不如说在大家的施压下，他总算拿出了一个方案，总算不再推脱和胡搅蛮缠了，大家为让他赶快行动，免生事端，而"姑且由他"！大家的潜台词是："反正，你是销售第一责任人，我们全权委托你操盘，出了错，完不成任务，你总无法怪别人！"大约，这也是一种被"暴君"逼出来的"智慧"。做销售，挣第一单，大家真的已经拖不起了！

可我憋不住，气得不行！抱着试试看的态度——万一是我傻×呢？——我找目标客户市调了一下他的创意，意料之中，遭到了比我还激烈的质疑和反对。唉……

我还能怎么办呢？我连将这市调结果反馈给他，都懒得做了。

假若我真反馈给他，用脚后跟上的死皮一想就知道，得到的肯定是一如既往的回击和拒绝。我的反馈，在他看来，只不过是我一贯对他的大才视而不见的延续，没有任何正面的价值。对，他就是要不遗余力地将我塑造成"总是反对、总是负能量"的代言人。

我明白了。他不是不懂我的意思，也不是不懂我提的意见的正确性，而是故意蔑视我的反对。不，是蔑视我的存在——让我感受到我是一个对他而言无论怎样都不值一提渺小到他不屑一顾故意忽略不计的存在！

他不是蔑视我这一个反对意见，而是只要是我提的，不管是什么，都蔑视！

最该有上述"智慧"、憋住的，就是我，可我偏偏气得不行！

他事先就知道，我不会赞同。假设我竟表示一丁点儿的赞同，定会被他无以复加地放大，以证明他的大才竟连我都被征服了。好在，我也果然英明地免除了他这种荣幸。

借助这种蔑视，他证实了他的权威，却反证了他的心虚。

他想用这种招数，实现将我栽赃成"一如既往地反对他实施他大才战略的拦路虎角色"的目的，为终有一天把我彻底干掉，又一次成功地造势和铺路。类似于要杀人，又不能容忍被杀者发声。不明智的被杀者果然发声，他就果然捂住。

真的大才，不怕反对。让被杀者临刑前说话，还证明杀人者的一点儿自信。

2015 年 1 月 26 日

临死点

1620，今天到期。

2600，是明天。

刚还过一个 4300！

31 号！3 号！6 号！7 号！一个接一个临死点。

过了这几关，就该发工资了。但也可能发不下来。得做好发不下来的准备。

然后，11 号！18 号！25 号！还是一个接一个临死点！

终于挨到了下个月，又一个 4300！又一个 1620！又一个 2600！又一个 31 号、3 号……

重要的是先渡过今天这一关。手头已经干了。没钱还。今天就是破产日。咬牙挺过了今天，又是下一个破产日！无处躲藏！

为钱挣扎。为债挣扎。周而复始。周而复始！

已经 3 年。记不清多少次面临这种看不到出路的灭顶绝境。每一次都是挣扎。

总得过去。必须借钱。必须借到钱！又一次！

人到了被逼的绝境时，就讲不得脸面了！面儿上还得装作若无其事。

没接我电话。等一会儿吧。唯一的指靠。那样说行吗？真到了电话接通，总能说得很流畅。拨之前，却毫无自信。对自己的价值彻底否定。

快了！快了！快结束了！一了百了……

信用贷，4笔；信用卡，10张。上述每个数字后边，再加一个"元"字。——好吧，10张信用卡，4笔信用贷。——好吧，10张信用卡全部刷光，每个月都得还；4笔信用贷，到还款日就得还上，雷打不动。雷打不动！

还有房屋抵押！

收入，却没有！

就这样，负债……100多万元！……苟延残喘……刀剑相逼的破产……按月垫资，只出不进。3年了……

砸锅卖铁。只为创业。

我讨厌流行语。

"创业"，就是流行语。"卡奴"，也是流行语。"车奴""房奴"……都是流行语。都不代表我的感受！

具体到我自己，集多"奴"于一身，就是"临死点"。就是过关。就是黑着眼往前走。没有未来，只有过关。只有躲过一个又一个"临死点"……

这辈子就创这一回业了！

好在，快了，快了！马上就可以解困了！

一直都是这么提醒自己。不过，这次是真快了！

但愿不是又一次希望渺茫！但愿！

在经济领域，我是一个"重病"人。

我已无力说喜欢有钱。只有力气说："我是多么不喜欢没钱。"

好吧，这就是穷的滋味儿……

记住今天的滋味儿……

2015 年 1 月 29 日

清客

我现在就是公司的一个清客。

每天来了，啥事儿没有。没人管我，我也不管别人。最关键的，还有一份体面的工资。办公室就是我的书房。每天规规矩矩地打完卡，我所干的事，就是该读书读书，该写字写字。身边的员工各忙各的，我们彼此相安无事，熟视无睹。他们整体上像水，我仿佛是一匹融入水里的鱼。已经两个多月了。

分配给我的工作，成功地被 W 解除了。董事会分配给我的工作，成功地被 W 私人解除了。全分解给了他挖来的人。那些人只对他负责，他就舒服了，享受帝王般的感觉了。我呢？就没人管了。我成了一个没有具体分工，也没有任何任务与考核的原始股东。公司的业务事实上就与我无关地进行，由 W 一个人把持了。

某个瞬间，我忽有所悟，在面前的一张纸上写下这么一句话："我成了公司的清客。"

直觉告诉我，这么称呼自己，还未必准确。上网一搜，果然：

【清客】qīng kè ①旧时指在官僚地主家里帮闲的门客：豪门~。

对嘛，我若是公司的清客，就得受雇于公司，且需帮闲。而我，却是领薪水而不帮闲——既不帮闲，又不帮忙，尤其是不得帮忙。不帮忙和不帮闲的原因，并非我不能和不愿，而是由于公司仅有的两个垫资的联合创始人之一的另一个，W，不让同为之一的我帮。我每天所经受的闲，是纯粹的，与工作无关的、自己的、文学的闲。准确地说，我是一个"每天出入于公司而又与公司业务说有关就有关说无关就无关的闲人"。从我和W的角度说，我们俩创立这个公司，一步步走到现在，持续地走下去，若发了大财，实现了经济自由，终极目的，其实就是我目前的状态。只不过，我提前了，他继续。不，是他得逞了，乐见我提前game over，而继续他一个人的牛×烘烘的"新君登基"之旅。

之前，可不是这样。我们闹得很僵。我们闹得很僵的时候，他还有所收敛（我觉得）。现在，他成功地骗过所有人，大权在握，简直肆无忌惮了。我们只能押宝在他身上，指望他做销售，出业绩，把公司做活。

他如此浑蛋地对我，别人——投资方啊，股东啊，员工啊——似乎也觉得，我们能够消停下来，符合各方的利益，是最佳的结果。W似乎也不再追究我了。觉得可以了，胜利了。我已经不足为虑了。不必再对我穷追猛打了——或许是还没想出招来。在这个层面上，我们达成了某种和解。

刚被他解除"兵权"时，我憋了一肚子火。他竟然能，竟然敢！他就这么硬生生地绕开董事会，把本该我负责的工作，擅自移交给了坐在我对面的他的老乡Ｓ君。一开始，我不知道。忽然，公司的小职员就昨天分明还属我做的具体工作，颇难为情地来请示Ｓ君了。坐在Ｓ君对面、离Ｓ君仅两米远的我，才懊恼而恐惧地明白，Ｗ已经下旨了，我不必再做了！我装作不动声色。过了一会儿，我悄问那小职员："刚才那事儿，咋又让Ｓ总管了？"小职员嗫嚅道："这……怎么跟你说呢……我们也没办法……Ｗ总说的，以后这方面的事儿，让我们问Ｓ总。"果然！"ＮＮＤ！谁赋予你Ｗ这样的权力！"我心骂。然而，我忍住了。告知了别的董事会成员，他们也奇怪地不出声。事情就这么木已成舟了。大家都懒得跟Ｗ"计较"？这只是我和Ｗ的私事？怎么可能是私事！却是了。无所谓。换我是他们，大约也没啥好办法。隐忍之余，我得出一个坚定的事实：董事会就是Ｗ的尿壶，他想用时就拉出来，用完就"邦"一声踢床底下。

于是，小职员就不断地来请示Ｓ君了。

于是，就踢床底下了。

于是，我的心情就由愤然，而冷嘲，而轻松，而快慰了。

我无限意外地发现，随着不用负担工作，竟得到一个收获：我因此而不用和Ｗ接触了！老天爷做证，我连听见他的声音都恶心！或许，他的感受和我对等。

我也自问：我想要什么？一切争斗，无非为了权利。我和他利益是一致的，那么，是争权力吗？老天爷啊，饶了我吧，我一丝儿的权力欲

都没有！还是让他这么无所不用其极地暴露他的掌控欲吧。

他的残暴与大权独揽，恰成就了我的慵懒。我深知，我能迅疾被边缘化，也因为，公司有我没我都行。有我，只是助益、增色；没了人家，却要垮台。虽说地球离谁照转，真离，总需先离那些作用小的。好吧，我认了。

天若让谁灭亡，必先让其疯狂。或许，投资方和我一样，也都在默默地冷视和纵容他吧。"都这样了，我们什么都由着你，看你能不能销售出业绩来！"这是我们共同的潜台词。

我现在图的，就是自己的股份。顺带着，还领份工资。这么着，反倒是最安全和实惠的。

这就到了今天早上。

来公司上班时，我忽然想到，目前这清客状态，不正是我渴望的"40岁退休"的状态吗？而且，比预期的还完美！

预期中的退休，就是脱离公司，进入与公司彻底无关、读书写作的无所事事。但我明确地知道，那是为妻所不容，也令自己松散和空虚的。主要是妻，说不定还要长久地吵架、磨合。现在，每天准时出门，来上班，正事儿啊，理直气壮。

待在自己的公司，啥事都瞒不过我。只要我在这儿，也总有一些事可以补位，不会闲着。全公司再也没有第二个人能和敢像我这样拿干俸了。而且，我还是董事会成员，保留着随时不拿、现在只是被迫不做事而拿、拿干俸也是为公司做贡献的说法和权力。如果情况发生变化，工作有调整，我就可以摆脱W对我的排挤，"官复原职"，立即投入工作。

还有什么比溶在自己的公司，更心安理得、更美、更合适的呢？所有的打工者，岂不都梦寐以求我这种状态吗？这是我以前想也想不来的！这是我用股权挣来的！连我在办公室偷偷地写着这样一篇文章，都有点儿不好意思。W若知，该气得牙痒痒，想方设法打破我这种美梦了吧？就让他动脑子吧！拜他所赐，我且尽情地享受这难得的清客时段。

庄子"相濡以沫"的比喻，颇能说明我们的问题。我们今天用的一些词汇，都是大师们给我们规定好的快餐。这个比喻的原文是："泉涸，鱼相与处于陆，相呴以湿，相濡以沫，不如相忘于江湖。"我认定，庄子的原意，并不是说大家应该喜欢相濡以沫。相濡以沫绝对是特殊场景下的特殊事件——或许，令人感动，但也会留下鳞皮相擦的痛苦；相忘于江湖，则是另一种境界和解脱。

我和W，就像这样的两匹鱼，还需在一个车辙里，但已无须"濡沫"，水也不会干涸，都盼着早日相忘于江湖。

2015 年 3 月 10 ～ 11 日

我的 2014 年工作总结

2014 年其实早在 3 个月前就已经过去了。鬼使神差的，写这篇文字时，正好是 2015 年 4 月 1 日。

骨子里，我是极喜欢又极讨厌写年度总结的。区别在于，是自己想写，还是被勒令。说自己想写吧，很假，基本靠碰。心情碰上了，一定掏心掏肺。可年复一年，有啥可总结的？于是，乐得忘记，泯然众人。对于来自学校、单位、领导的强迫，或应付填表之类的总结，不用说，一律排斥。

前几天，公司领导勒令："三天之内吧，各人写一份 2014 年的工作总结给我。"在 2015 年第一季度末尾，他竟布置包括我在内的人写 2014 年的总结。给我的感觉，那一刻，他的嘴根本没长在他的脸上，他的脑子也不知在哪个驴蹄儿上挂着。次日，微信群里又通知，会议取消，其布置的写总结，就这么不了了之。我内心暗自轻松，却又勾起刚接到布置时短暂浮起的纠结泡沫。

这泡沫，一度消失。直到今天，夜起翻书，忽有所悟，又泛上来。终于捏起笔，想把那短暂的浮起，凝固成存证的文字了。而真一这么做，搓着砂脸问自己："2014年是咋过的？"自然颇惊愕和茫然。

简单一想，我的2014年几乎没法儿总结！也不是没法儿，而是它很像一条鳝鱼，得先"啪、啪、啪"剁成几截儿，再分别描述。有点儿分裂，有点儿超验，非心狠的厨子下不了手。

第一刀，剁在2014年4月11日，W倒逼我们3个原始股东回复邮件表态，大家陷入一盘散沙甚至分崩离析危险边缘的前一天，公司和深圳某投资公司签约。在签约之前，公司就是我和W俩苦逼青年在无望地熬，我对他的无赖品行已厌恶至极。签约之后，又无所事事地熬了仨月。到了7月，竟然领工资了。两年多的只出不进，结束了。有了投资方的进入，项目是保住了，对W是卖太阳能天才or水货的质疑，也搁置不论了。但一样地无所事事，一样地熬，一样地穷。

第二刀，剁在2014年7月或9月的那次董事会上（重点在董事会，而不是月份）。投资方进来，董事会成立，W自然和赫然被任命为董事长，我被分工为副总，负责公司的宣传、资质办理等。自以为，和W的关系理顺了，W也进入"被董事会管理时代"了，公司朝着光明的上市彼岸开拔了。但没想到，这恰恰也是W"反被董事会管理时代"及"迅速自我膨胀与恶化排挤我时代"的开始。在"我俩的时代"，他就已成暴君，成立了董事会，他自然还不愿被管理！掌权者动用公司机器收拾起昔日的宿敌，自然得心应手。其个中言行，公开与私下的奸小嘴脸，均历历在目，非亲历而不可知，又不足为外人道也。我心目中的民主之光，逐渐暗淡，却也无法说破，与W彼此亦无法扯破，就这么维持着。

第三刀，乱七八糟的，却剁在2015年的1月7日，出2014年了，

但仍是 2014 年该发生的一刀。在这天开的会上，W 自以为巧妙地一举解除了我的"兵权"，使我进入在公司事实上的清客时代。事后来看，这一招他蓄谋已久，虽拙劣，却得意。原先我以为没办法扯破只能维持着的表面，早已被他破解，在私底下涌动着丑恶和仇恨的暗流，终于在这天揭晓。在事实面前，我只得承认，我的民主之光，彻底熄灭，董事会真的已沦为 W 的尿壶，用完了就"邦"一声踢到床底下。现实的好处一是，W 顺利地成了独夫，赤裸裸地面对投资方表演，销售依然是零，大家对其天才 or 水货的质疑，已像喉咙里卡了刺一样无法隐瞒。好处二是，虽然我更穷了，但被公司这个好项目和打生不打熟的 W 绑架进来的人越来越多，早已不是我一人，我反倒更安全了。好处三是，人都不傻×，识破了不能照前面那样发展，这么多人合起心力来，总会更好地发展后面。不管他们愿否承认，仅用一年，他们对 W 的认识，就越来越合辙到了我的轨道上。我始终没变，变的是他们。这是巨大的好事，不是坏事！对我，对投资方，对所有人，包括 W。

　　没了。

2015 年 4 月 1 日凌晨

想读《伪君子》

与别人合伙做太阳能生意赚大钱，活在俗务中，越来越理解鲁迅先生"文章需挤才有"的意思。

从自挤和被挤的频率、总量来说，咱自然无法和鲁迅相比。从挤的产品的质量来说，咱也无法和鲁迅相比。只有被挤的感觉，和鲁迅是相通的，可引为知己。这也正是鲁迅的价值所在。

就我的阅读来说，鲁迅占据着奇特的地位。每到我心情愤懑，想读点儿什么，或想起曾读过的什么时，首先，甚至唯一想到的，就是鲁迅；想写点儿什么，一搭手，也奔着（最起码自以为是）"鲁迅性"十足的路子去了。应该说，大作家对现实的批判性和嘲讽性都极强，托尔斯泰、狄更斯、马尔克斯、莫言、阎连科、余华，你读读，哪一个弱于鲁迅了？还有一些大写家，王朔、李敖、冯唐，甚至是一些女写家，口无遮拦起来，也是很不得了。但对我而言，他们都属于"需仔细想才浮出来"，鲁迅属于"不用想就第一感地蹦出来"。

前几天，我又被挤了一下。被挤的原因，是我们合伙的最大股东，也是最早只有我俩垫资的合伙人和获得风险投资后被各方共同指望的公

司一把手 W，面对我已跟着他混了 3 年，并陪着 3 个原始股东押宝在他身上两年，和所有投资人一起眼睁睁地看他又花里胡哨了一年，销售依然凝固在零蛋，且说不出任何业绩承诺的事实，还在装，还在强辩，实在是非常的道貌岸然，让我一下子忍无可忍，想骂娘。

本来，他即使坦诚地认错、道歉、申请追责，都无法被原谅、都不是我们想要的了。做生意来不得虚的，大家投进去的是真金白银的血汗钱，岂容你如此戏弄？

2015 年第一季度马上就要结束了，今年的发展目标还不知道是什么！

B 轮的融资已经到位，但既有的"辉煌"业绩让投资方无法对我们形成信任，必须签对赌协议，才肯将资金打进来，W 却王顾左右而言他，找出种种借口不签！你若是对今年的销售信心满满，这点儿对赌条款根本卡不住咱，咱还要理直气壮地要求对赌赢了的奖励条件呢，为啥不签？不签，是你心虚，还是没有担当？可他死不承认。他口口声声说，对今年的销售很有信心，只是对别的这样那样的前提条件意见很大。仿佛，如果那些条件解决了，他就能立刻完成销售任务一样。真的？那些条件，不都是由于你的销售没完成而造成的吗！

行就是行，不行就是不行，你这么死要面子活受罪，车轱辘一般地狡辩和拖延，啥时候是个头？那几天，看着 W 理屈词穷却死蛤蟆缠出尿的样子，我真替他害臊和难受！

焦急而愤怒的质疑，像要砸向政客的臭鸡蛋一样，握在每一个利益人手里。

把这个质疑具象化一下就是："你W到底是卖太阳能的天才，还是水货？"

我冲口而出的回答就是："难道还有一丝儿的证据，能证明他不是水货吗！"但别人的回答可能会打一些折扣，甚至反对我的评价，视各自被W蒙蔽的程度而定。

单说我被狠狠挤了一下的情形。

那天下午，面对严峻的销售形势，我们几个原始股东达成共识：必须质问一下W。

W进来了。坐在我对面的沙发上。他似乎早有预感，却佯装不知。

原始股东的代表，三哥王昆水，貌似平淡却语气坚定地用淄博普通话率先捅破窗户纸："W总，现在没外人，你给我们几个吐个实话，销售到底有没有问题？"

我内心"啾"的一声，视角微抬，静等回答。

几天来，大家都在追问这个问题嘛！但是，像现在这样，直接面对W抛出来，由他亲自、正面地回答，还是第一次。

屋里瞬间石化。就像一篇课文里讲的，屋里的空气，连同我们每一个人，仿佛突然被滴了一滴松脂，形成琥珀，凝固下来。如果是拍电影，则应加上射箭一般的"嗖"的一声的画外音，镜头虚幻，只清晰出一支支箭头，平稳而缓慢地、从屋里各个股东的方位聚焦状射向W。W位于镜头远端，眼皮一塌，任由一堆箭头静止地朝他飞。

箭头飞完了。琥珀结束。W活动了起来。他倒掉茶杯里的水。他将茶杯搁到茶桌上。他捏起布巾擦拭茶桌。他又擦一下。他端起茶壶。他

倒茶。有几滴茶洒了，他捏起布巾又擦了一下。他喝茶。他又倒上一杯。终于，他忽然意识到大家在等他回答似的，清了一下嗓子，眼不望三哥，说：“呃……今年的销售，我觉得还是能完成的……只要资金到位。”

要是资金不到位呢！现在就有资金，等你签了对赌协议到位，你咋不签呀！

还在狡辩！还在找借口！啊啊，我的贫困的经济和看不到希望的未来，就是这么被他折磨的！都3年了，我们凭什么相信你呢！

我感觉，W像是一个铁箱，我在箱内，他突然从四面生猛地一压，我几乎被压成了窒息的方锭！我的脑壳发出核桃被门夹时的“咔嚓咔嚓”的碎裂声。这一次，鲜有地，我没想到鲁迅，而是蹦出了《伪君子》！我一下子找到了讽刺对方的喻体，就是“伪君子”。这个作品的名字，就是我想骂的。与其自己盛怒满腔瞎找词，不如看看人家是怎么骂他这类人的。但，我没读过。剧情大致知道，名著嘛。

底下，我实在痛苦，不愿继续描述。我发现，在极端愤怒的情绪下，人是无法形成理性的记忆的。当时，我的双手气得哆嗦，狠狠抠着沙发扶手，才没跳起来。“伪君子！伪君子！……”心里不停地骂着。

简单地说，无非是Z和L拍案而起了！LLD扑上去了！五哥也憋不住了！J总也不再旁敲侧击了！无非是W百般狡辩，还死不承认自己是水货罢了。“我就是销售天才，拿不出业绩，都是你们造成的。嫌我不会做销售，你们来呀！”他的所有口吻和肢体语言，都在表达这种意思。种种无赖和不担当，都集中在他身上。可到临头，众人积攒好的怒火，却懊恼地无法发泄！大家貌似与W正面交锋了，还剑拔弩张、火药味儿十足，合在一起，却不过像开议会一样，议员们反倒显得词不达意、吵吵嚷嚷、唯唯诺诺，临了，还得指靠被质询的"首相"表态，给大家一个承诺，并切实地执行！说白了，大家只是参政、议政，而非行使弹劾权，和W终归还不能鱼死网破，公司毕竟还要开下去。

W丑陋的表演持续了10多分钟。

最后，好像是取得了一个让W拿出销售业绩计划之类的具体事儿，放他从屋子出去了。W出去后，大家有好一会儿彼此互不相视。

唉……还能怎样呢？

我们还得继续押宝在W身上，孬好也得留点儿退路……

于是，草草散了。

回到桌前，我就上网去搜。对，就是莫里哀的；主人公就是叫达尔丢夫。拍下。两天后，收到，读。典型的书到用时方恨少。

一读，却味同嚼蜡。毫无盛纳和释放我顶级讥讽的功效！读鲁迅和托尔斯泰时，绝不这样。

戏剧嘛，就是剧本，干巴巴的，全是对话，有啥读的？名著而又是剧本，更没人愿意去读原著了。这类作品，只适合存在于课本里，出现在试卷上，必考，分很高。主要的障碍是可读性差：通过读翻译过的人物对话，还原人物的语气、情感，需要有一个二次想象的过程，这造成读剧本的特殊困难。和读小说、散文的直接获得，有极大的反差。别说读外国人的剧本了，在读莫言的戏剧集《我们的荆轲》时，我也有很强的读不进去的感觉。

不过，一读即懂。核心情节已经耳熟能详了。二读时，知道对话的发展了，似乎才读出味儿来，开始拿起笔批注。

我本指望，我的被挤，能和读《伪君子》共振一下，释放一下，却不得。跟吵架没找到得力的帮手一样，懊丧至极！

2015 年 4 月 30 日

转让股权函

各位股东：

因本人经济极为紧张，公司又迟迟不开张，看不到希望，特提出转让部分或全部股权，以图解困。

鉴于本人身份的特殊性以及公司的特殊性，经过深思熟虑，特发此函。

上次提出转让股权时，为了解除部分股东（尤其是 W 总）的质疑，也是必须的义务，我曾应要求，到河南省征信中心打印了本人及妻子的征信记录，提交给 Z。该文件显示，本人累计负债额为 94 万元。却由于种种原因（主要是 W 总不同意），拖延至今，未能落实。

转眼间，距离上次提出书面申请，又过去了 5 个月。我的经济负增长依然继续。至 2015 年 4 月 30 日，本人的上述征信记录中所列负债总额已增至 111.74 万元，并以每个月 4000 元继续负增长！

其间，由于公司资金断链，营业收入依然为零，本人和公司全员一样，工资领取无着落，又为了印画册、差旅等，垫资约 5000 元。

当然，这只是和新老员工一起在坚忍。我这个最资深的员工，只不

过又咬牙挨过了 5 个月而已。

啊啊，贫贱夫妻百事哀。这中间，要过年，要还钱，要还信用卡，要还信用贷，要还房贷，要还利息，要做一个合格的男人，要保个人征信，要顾在亲朋面前的脸面，上有老下有小，各种屈辱与艰辛，非亲历不可知，亦不足为外人道也。

时至今日，2015 年 5 月 15 日，我坐在郑州的办公桌前写这份文件时，在 W 总的英明领导下——

公司的营业收入依然凝固为零！

第一单依然在路上！

资金依然无着！

3 月份的"济南两会"（公司董事会、股东会）已开过一个多月，公司 2015 年的销售任务依然悬而未决！ 2015 年已接近过半，却还不知道今年的销售目标是多少！

即便有了目标，能完成多少？ 何时又可以使我解困？

不知道。也看不到希望！

唉，3 年了，总是一次又一次地望梅止渴！

每一次，都是到了"梅"边，又发现"不是梅"，但"前边那一片就是"！ 自然，到了前边一看，还得忍着渴，奔向下一片……这个被望的"梅"的数量，视各位股东进入新一代的早晚而不同。毫不客气地，我将这个冠军据为己有！

终于，到了 2015 年。W 总再也没有可能指"下一片"了。这个"梅林"（第一个销售年），就是必须解渴的地方，就是必须给大家一个交代的地方，就是必须给大家承诺今年能摘多少梅子的地方！你会不会摘梅子，你是摘梅子的天才还是水货，必须在这里予以证明！

然而，我看不到担当。看到的仍是逃避、推诿、王顾左右而言他、毫无意义的异常邪恶的司马昭之心路人皆知的排除异己打击报复无法告人的人事内耗……

摸摸钱包里的现金，想到自己每天上班出差都必须带着一部POS机，算着下周一必须还的信用贷……啊啊，怎不心焦！

够了！

崩溃了！

等不起了！不想等了！不愿等了！

哪怕损失再多！

必须结束！

我本信奉鲁迅先生的"震骇一时的牺牲，不如深沉韧性地战斗"。然而，不了。我已"深沉韧性"了太久，将公司送到这一步，已经对得起所有的后来者了。我愿用我"震骇一时的牺牲"，将某人一军，以赢取更多人"深沉韧性地战斗"。

我本坚守证悟多年的"一个人有本事，体现在能和任何人合作与相处"，在之前的任何单位，我的耐碱性都是公认最强的。然而，不了。我不愿再陪着W君走下去了。我想多活几年。

我本坚信W是极佳的事业合伙人。从60多亿人口中，仅与之相遇，并成为其这辈子截至目前合伙最重的人，我若看不出创业项目的好和公司成功的可能性，就白活这么大了。然而，不了。我已对此"打生不打

"熟"的人看透了太久，对其"言而无信、心胸狭窄、好大喜功、浑蛋无赖"愤懑了太久。我愿用我"偏激到极致，简直是危险"的短浅目光，鉴定他就是一个水货。倘若真能提醒到大家，更期待能刺他一下，激他一下，令其知耻而后勇、"为尊严而战"，为我们摘来果实，则功莫大焉。

搞了这么多年文字，吾深知，白纸黑字写下来，是有风险的。既有"立此存照"说错话的风险，又有被 W 看到，将我一以贯之的疾恶如仇，转为他一贯的记仇入恶的风险，进而将我打成"现行反革命"，动用由他掌控的公司机器，损害到对我切身利益的风险。舍身炸碉堡的代价，是自己也被炸没了！何况，我还不一定走得成哩。股权一时半会儿转不出去，还得继续在公司待下去。此事一出，我还咋待？然而，不了。面对无赖，去他妈的好脾气！我豁出去了！舍得一身剐，敢把皇帝拉下马！这或许真没准儿才是古人说的"舍得"之道呢！何况，我对自己此次所发表的"遗言鉴定"，还是有充分的信心的！

我知道，不管出于什么原因，这封信迟早会被 W 看到。有一天，他若要，我就坦然地发给他。

当然，这么说，有给自己贴金之嫌。事实上，我就是想给自己贴金。但我又深知，无论怎么给自己贴金，也揭不去别人脸上一点儿金。我是多么渴望，W 能拿一大把订单，摔在我脸上啊！我眼睁睁地等着他摔！他真摔了，我知道，我和所有股东一样，反倒不恼，一点儿不丢面子——这恰恰从根本上证明了自己没看走眼嘛！兴奋还来不及呢！我渴望能这么"贱"一回。但愿某人有能力让我当这么一回"贱人"。既成就了他，也成就了我。

唉，本来就是自己穷，熬不下去了，想套现点儿钱，又何必牵扯别人那么多呢？……

可是，我憋不住，管不住自己的嘴。就索性说个痛快，给嘴过个年吧！错过这个村，也没这个店了。

说不说，是我的事儿。

信不信，是你的事儿。

大家就权当这是一个小人给您写的背后诬陷信好了。

反正，我这个 W "当初瞎了眼" 看中的合伙人，这个唯一陪着他从坑里爬出来的兄弟，就这么个格局和度量。我仅仅觉得，不把我这个对他的鉴定评语发给您，就对不起自己独有的经历和地位，也不落忍更多的生人被他打熟之后再弃掉。3 年来，我就是怀着巨大的担惊受怕走过来的，总怕他的把戏会被识破，又盼着早日被识破。我的此举，是加速 W 的被识破呢，还是只增加一次他玩把戏的机会，又接着玩下去呢？我不知道，也不关心，因为，我哀大莫过心死，懒得理了。

虽说，我只需鼠标一点，或手机键一摁，就能将此信发给你，但是，我还是愿意打印出来，随《股权转让协议》正件走，随缘分走，能被几个人读到，就被几个人读到，不搞 "文化大革命" 贴大字报那一套。这或许对你我都有利。

W 的优点，大家比我会找，或曰和我一样会找。正如我 3 年前，一眼就从 60 多亿人口中选中他当合伙人一样。

W 的缺点，你未必找得过我。因为你没有也不必再经历那个时间段

了，我就为您代劳、打包了。

他的智力和优点，无疑是大的，好比分子。

他的品德和缺点，无疑是更大的，好比分母。

二者一除，分子就呜呼哀哉矣！

更何况，他的分子，当初还是依靠他的"打生不打熟"骗来、注了很多水分的呢！

他的自尊心和猜疑心实在太强。他恨不得剥夺人家的一切智慧和一切才能，免得他们妨碍他的表演，或妨碍他实现他不可告人的目的。别人要么对他敬而远之，要么唯命是从。

只有那些崇拜和奉承他的人，他才好意相待。尽管，隔时对景，这种相待又极有可能成为匕首。

我呢，年龄上比他大一岁，自幼形成的耿直，自青年时期坚守的文人脾性，以及自到大城市生活以来形成的与人交往的阅历使然，对他既不敬，又无法远，更要命的是不可能唯命是从。这就成了他恨之入骨的心病！忍无可忍，我就恨而远之。就让某人为我的愤而离去，捂着嘴当屁眼笑吧。

分开说一下他的缺点。

工作上：拍脑袋决定、一言堂、恃强凌弱、桀骜不驯、飞扬跋扈、必须成为至高无上的领袖、变态的掌控狂、残暴的奴性管理、严重的无政府主义、小帮派主义。最缺乏：担当精神、民主精神。最恨集体决策，开会如过堂。对待自己，是彻头彻尾的不以结果倒推而只以过程虚推的趋利避害的机会主义者！你不能说他不懂绩效考核稳准狠催生业绩那一套，问题是，别落到他头上！

人品上：言而无信、心胸狭窄、好大喜功、浑蛋无赖、忘恩负义、心狠手辣、出尔反尔、疑心重重。

与人交往上：打生不打熟。树敌。极为记仇，必定打击报复。抄人后路，掠人资源。表里不一，道貌岸然，能够截然相反地大背叛。所过之处，一片骂声。最后，铁定是墙倒众人推。

行为作风上：肤浅，粗俗。极端虚荣，缺乏自律，附庸风雅。渗入癌细胞的大男子主义。

拜托，我从来腻歪大家以"不按规则出牌"夸他，因为，他早晚也会将牌出到你身上！

当然，我和他彼此之间的评价，仅限于我俩之间。出了彼此，我们又各都是很优秀的人。狗咬狗，两嘴毛吧。

当下，我被他屏蔽和排挤得心灰意懒。2015年春节以来，我过了一段儿每天来公司读书、写作、投稿的清客时光。不干活，而拿俸禄，短时还颇相宜，时间长了，实在了无兴味。又每天眼见他花里胡哨不务正业膨胀到无以复加，唉，真是眼不得不见心不得不烦啊！我还像被打入冷宫的妃子，逢年过节重大事件接待外来使臣时，还要被拉出来扮一扮、演一演。开会呀，喝酒呀，表决呀，签字呀，对赌呀，实在是谢主隆恩，幸福极了。

唉，不如去也，不如去也，多活几年！

拿个人的全部家当，押宝一个人的才华和人品，我输了。输得干干净净。心寒。或许，我最恨自己的身价不是C总，阅历不是J总，那

样，W 也会对我客气一些，最初我也不必设置给他那么高的股份，可以和五哥一道，对公司的发展起到更大的掌控作用。当然，谁也没长前后眼，彼时，我正处在被他打生成功，陶醉在找到一个值得终身信任的合伙人的状态哩！

作为一个正常的成年人，在江湖上混了多年，阅人无数，我却怎么都无法克制对 W 的反感。老天做证，我连听到他的声音都是恶心的。我连他家的姓氏都不愿看到、听到、写到。我真高兴他也不喜欢我。这样一说，你或许会明白一些，在公开场合，我和他所作所为的一些"潜台词"。去年上海挂牌时，他删了我 QQ；我随即拉黑了他微信。我们俩之间的交流，仅限电话、短信、邮件和群交流，私下谁也不理谁。实在需要说话，就只说"话"，说完就走。

我如此坦言相告，就是想借此可能是唯一也是最后的机会，面对全体股东，表明一下，人与人的态度是相互的，他私底下是怎样对我以眼还眼的。

刚开始，我寄希望于："我管不住你，这有投资方进来了，你总会收敛一些。"后来，我又想："这有投资方进来的董事会，总会快速明白过来，在关键问题上不失控。盼望公司早日进入'董事会领导下的 W 负责制'。"再到今年 1 月 7 日济南所谓"微营销头脑风暴会"上，他略施小计，将我的"兵权"解除，我又自我调整为："管你咋糊弄哩，我只为我那 11% 的股份打工。"总之，面儿上过得去就行，不与他发生正面冲突，维护他的一把手形象。

然而，最近，不行了。面对自己销售业绩为零的窘状，结合自己已经引咎辞职让出总经理席位的现状，尤其是面临董事、股东们的质疑和热盼，他隐隐感觉到了某种危机，情急之下，他像恶狗一样疯了。他必须找到替罪羊，好为自己遮羞。他咬 Z，咬 L，又咬 LLD！我的天哪，咬得那叫狠、那叫翻手为云覆手为雨、那叫上蹿下跳不达目的不罢休、咬得相关人猝不及防横眉冷对愤懑不已却要被迫和他斗争和自卫！真恶心啊，老在这儿搞内耗！这儿不冒烟那儿冒烟，咋这多人都对不住他，都是他的敌人，都对他心寒呢！有这个劲，去卖产品呗。早一点说，他还咬过 CCX！此举直接导致公司的产品至今不完善，起码"浪费了半年时间"（CCX 语，W 也认可）！——那还用说嘛，底下就是咬我啊！不将我这个"人民公敌"（W 语）咬死而后快，W 怎能心甘！与其等他来杀，不如自戕。我的"自绝于人民"，客观上还可免去给 W 再添一项"屠杀唯一的创业伙伴"的罪名。

将"在股东中负能量太大，比 LLD 还大 N 倍"的我清除出去后，公司就更朝着他 W 家的产业而去了！他极乐意将自己塑造成一个"谁阻碍公司上市我就杀谁"的捍卫大多数股东利益的英雄形象。他已经多次这样咬牙切齿地公开说了。我一去，将杀别人时，W 就更振振有词了："我连唯一陪我从坑里爬出来的侯哥都杀了，难道还不敢杀你?!"

我始终想不明白，同样是将公司核心产品作为人生重大抉择、砸锅卖铁也要做的创业者，怎么就不能为 W 所容？我是跟他争权了，还是争利了？我只是憋不住，想提醒和告知相关合作方，想争得一个"董事会领导下的 W 负责制"的结果，在董事会里握有一票，可以分管擅长的一块儿，想将 W 注定是危险的"绝对的权力"收至董事会的约束下，使公

司更安全一些，早日销售，早日上市，怎么就迟迟等不来，个人名声还一步步臭了，成了最不把公司当毕生事业去做的人，成了公司负能量的代言人，成了一日不除公司就断无宁日的"人民公敌"了呢？——我没那个胃口，只当一下 W 的私敌，就颇满足了。

在编拙作《安宁》时，我逐渐明确，我和 W 关系的急转直下，是从 2014 年年初开始的。准确地说，2014 年 2 月 9 号，我成功地实施了以裸奔为条件的对赌协议的落空日——面对承诺，我裸奔了，他不奔。我彻底恶了他，他也彻底恶了我。W 的个人膨胀和视他人如草芥，是从 2014 年 4 月 11 日，公司和投资方签约开始的。到 2014 年 8 月 27 日上海挂牌，达到顶峰。到 2015 年 1 月 7 日，W 凭个人好恶解除董事会分工给我的"兵权"，达到癫狂。

我的憋不住，想提醒和对相关合作方说说，应谨慎管理好 W，别失控，也始于投资方进来后。到今天，终于撕去所有表皮，彻底爆发！

W 对我的私下回应，都有邮件、短信等存证（除了 QQ 和微信），就不污染你的眼球了。

我是唯一亲历并见证了他全部创业史，因而也是掌握他太多糗事，让他"埋错祖坟"般懊恼的找错了的合伙人。

自古心思叵测的掌权者，都极擅利用和控制信息之道。细究之下，也不过是"分而治之"和"统一口径"两招。好在信息是可以沟通的，一旦沟通，被分治者的智商就能拉平，掌权者的嘴脸也就昭然若揭了。在了解或识破 W 方面，我们没有高低，只有先后。只不过排了个队而已。

公司的事实就是：就是这样一个人，遇上了公司核心产品这么好的一个项目，还历史性地被我们推成了一把手。

摆在我们面前的课题就是：我们该怎样趁他根基未稳，防患于未然，做好这个项目，珍惜我们的财富。

也幸而他花里胡哨拿不出销售成果，我们已将其总经理拿下。2015年，就是他最后的机会。下一步，我们的重点就是，掌控好销售，绝不能被他弄成一个只忠诚于他的销售队伍绑架公司核心利益的危险格局；掌握好将他股权与经营权分离的时间节点，以及第一个销售年中的经营风险。利用 W，只是阶段性的，绝不能长远！他不值！他不配！吾斗胆再放一句狠话：有 W 在，公司断不可掉以轻心；有 W 在，公司断无宁日；W 不除，公司后患无穷！

读到这封信的股东诸君！人之将"死"，其言也恶。请宽容地给我做一回背后诋毁人的小人的机会吧。因为，俺的今天，极有可能就是你的明天！甚至，你还不一定如俺呢！

祝你比俺走运！

就此打住。

总之，我实在熬不下去了。只得转让股权。

按照公司法的规定，请大家支持一把，在同意我转让股权和放弃您优先购买权的文件（见附件）上签字，我好走完法律程序和转让程序。

我目前在公司的股权是 114.4 万股，我的报价是：给我 100 万元，我可以转给您 50 万股；给我 300 万元，我全卖。

给 100 万，我就辞去董事、高管，当退休股东，说啥也不玩儿了！

给 300 万，我就退出，与公司彻底了结（当然，到时候得给家属说一声，呵呵）。

当然，此甩卖价仅限股东享受。对外，我还是想多卖一些的，尤其是后 64.4 万股，我恨不得卖 4.81 元 / 股。估计，就咱这"零收入"，很难得逞。那就留着挂上新三板之后再说吧。

若大家既不买我的股权，我又一时卖不出去，该咋办？说实话，我还没想好。

还有，我有没有可能留任，让人知道，在公司还有一个让 W 奈何不得的我存在，继续和大家一起并肩作战，与 W 搅马勺？说实话，我也没想好。估计，W 会极力作梗，不会让我得逞的。

Adieu！

侯建磊

2015 年 5 月 15 日上午于郑州

投鼠忌器新解

护器者，非反对投鼠，在于器。

鼠极知，不被投，必栖于器。一旦离器，即成过街之鼠。

投鼠者，亦爱器。然，鼠不除，家一日不宁。忍无可忍，终欲投，依然忌器，依然不过不投。而鼠借机攻击曰："大家看，他连器都要砸，投掷物都攥在手里了！幸亏吾及时呼救，否则器必已被其毁矣！此乃何等居心？"

众人遂对欲投未遂者恨之。

鼠窃喜而安。

2015 年 5 月 24 日

赤贫

木心说:"有四种处境决定我们心情恶劣:一、失恋。二、进监狱,关起来,隔离审查。三、重病。四、赤贫。"

看到"赤贫"二字,我脸一热!眼下,我正处在赤贫状态!何况,此状态已持续3年多时间!

说实话,我都写不下去!心情何其恶劣!实在没什么可感慨的。只在计算和盼着脱贫。而希望,似乎还看不到!真是绝望!

读鲁迅日记时,我一笔笔画出其收入,感慨其经济来源之具体和可靠,对比自己的无着和黑暗。

在《致增田涉》信中(1936年6月10日),鲁迅说:"近来不知是由于压迫加剧,生活困难,还是年岁增长,体力衰退之故,总觉得比过去烦忙,无趣。四五年前的有限生活,回忆起来,犹如梦境……"

在吾,则从未悠闲过!自独自谋生以来,恍惚20多年过去,收入从未滋润过!几乎,从未有过积蓄!真是可怜!唯一的"梦境",大约只能定为寓京时独身写作的那半年。2012年年初,因之前几年收入锐减、刷信用卡做新媒体倒闭、买房买车旅游造成的高生活成本三方面导致的巨额亏空，几乎快要持平。进入 36 岁本命年，又一头扎入创业，3 年多只出不进，造成而今 40 岁时的"百万负翁"！啊啊，不堪回首！……

往前看，一片芜杂。每月都在疲于应付还信用卡、还高利贷、还债，一个又一个"炸弹"。收入仅 8000 元，硬支出却高达 1.9 万元！还不算生活成本！啊啊，真是睁不开眼！……

借钱？哪有那么容易！家人，又怎能一直帮我！唉……

何时会有悠闲？想这个，简直是刺激神经……

2015 年 12 月 20 日

治家一辈子，致穷一下子

写下这句话，我内心颇为悲酸。

这是一个很难启齿的话题。说出来还怕招惹家人不好的感受。因为，我毕竟没有成功，仍处失败的穷中。成功的人说起昔日的困苦，是经历，可以印证东山再起的牛×。穷人创业而失败，就是悲剧。十有八九，一辈子都难翻身。我现在就处在每月还十来张信用卡、五六笔信用贷、背着房子抵押贷款累计100多万的多重苦奴状态，有啥可说的？

我之所以鼓起勇气，或终于有心情来写写这句话，是根于已经找到一个靠谱的经济增长点，足以带动自己由坑里往上爬，曙光乍现了。

当然，这曙光，即便顺利使我跃入天亮，也仅仅是可以达到入能敷出，养家糊口，进而小康，而不可能暴富和实现经济自由。距离我家的经济由负转正，逐渐宽裕，恢复到五六年前的月消费两万的"金领"生活，还有相当长一段路要走。

写东西，需要一个脚踏实地的基础作支撑。在悬空而看不到希望的赤贫焦灼状态，人只能隐伏。啊啊，打开记账本，迎头就是一堆头皮发麻的还款备忘！还啊，还啊，还到想吐！一次又一次，只为过关。不看将来，只咬着牙往前走。很毁人，也只能被毁着。卑微得似一粒尘埃。必须双手扒住坑沿儿，确实地可以看到爬出去的希望了，才能写一写。

我知道，还有很多人，连曙光都看不到。我自己的一个好朋友就是如此。其几笔信用贷已严重逾期，夫妇俩的信用记录彻底坏掉，银行电话天天打到我这儿，让我转催他还款。放眼身边，没几个经济滋润的，被催逼的居多，也都在咬着牙往前走。我写了，他们就不必写了，免除一些尴尬。

人人都追求经济自由。我追求经济和精神双自由。经济自由就是挣钱，精神自由就是读书、作文。

读书、作文，属外松内紧的爱好，不议；单说挣钱。

1

可惜呀，若静心回首，竟发现，打考上学离开农村老家起至今，我的获取金钱的走姿，就一直不曾潇洒。

遵父规划，我上的师范，毕业后的职业是光荣的小学人民教师。撑不死饿不着吧。这不行。拜父赐，毕业后总算没教一天书，分配到了乡政府。

没去上班之前，就知道，我们大米乡是穷乡，发不下工资。去了，果然发不下。这一果然，就是7年。穷啊，穷啊，穷酸到脱离了父母仍会饿死。

不堪屈辱，公务员之余，我曾在开封西门外开过半年多百货亭。颇

赚，识无商不富真理。却因另一侧又开一百货亭，两家百货亭将我们夹在中间，营业额一落千丈，与时女友恰至情崩，遂转手，恢复拿死工资而不得的屈辱。

也曾在家种蘑菇，技术要求太高，不成；偷种过藏红花，不长；养过三双美国青蛙，死；养过 200 多对肉鸽，忙乐，却不赚，处理作罢。之外，没别的啥门路。

当时就写，主要写新闻报道，偶得稿费，确凿不够邮票钱。区委宣传部出台过一个发稿奖励政策：在区、市、省、国家级媒体上发稿，单位再奖励稿费的一、三、五、十倍。好一点儿的单位，甚至将这些倍数再加大，国家级的达 20 倍。如此，我在《农民日报》上发的一篇报道稿费是 10 元，单位再奖励 10 倍就是 100 元，就相当于我工资的 1/3 了！我每个月在市级媒体上都能发四五篇稿子，稿费 2 元到 5 元不等。此举真的可以成为我最有可能、最有保障也最有尊严的挣外快方法！可惜——说起收入，总是容易"可惜"和"终于"——兴奋地拿着红头文件找了书记，找了乡长，找了财政副乡长，结果只能是，我必须和他们面对"工资都发不下来，别的就更别想了"的现实。唯一的经济增长可能，就此熄灭。

终于，7 年了。2002 年春，我"虚让客遇上个热黏皮儿"，掂起包来郑州当了记者。虚让客是说，一个同乡女同事的弟弟在郑州当记者，其过年回老家，偶遇吾，竟通过乃姐知吾虚名，谓吾："你会写，窝在这儿搭了，来郑州当记者呗！"在我都忘了这事儿的个把月后，又突接其电，说郑州一个报社招记者，让我来试试。这一下，就不一样了！我激动不已，真就来了。来了，由于那报社也实在没啥门槛，加上有人推荐，也就被录取了。面对我舍弃在编公务员和党政办公室主任正村级干部来做郑漂一事，别人都不解，父亲更是气得不行。只有我知道，打死我也不回去了。

我离开乡政府时，工资已拖欠 14 个月！仅一年零两个月！

2

来郑州当记者后，我真正开始了不写就没饭吃的挣钱生涯。经历过必然要经历的转型的折磨，也吃过不吃就不正常的苦。第一个月，我竟写了 1500 多元工资（无底薪，发稿只开稿费，故此说），是我原来工资的 4 倍还多！吃饭，我竟有现钱了。几个月后，乡政府补发了一点拖欠工资，我竟然有存款了！真是开天辟地，赫赫威武，卑微不再。

骑驴找马，本性择优，一年后的 2003 年春，我应聘到了刚创刊半年的《经济视点报》，干起了房地产记者，写稿 + 拉广告。绝对是开百货亭时无商不富真理的再焕生机。年龄和中国房地产市场的疯狂崛起，是客观底盘。奇迹就成了。那年是"非典年"。全城戒备森严，别人不动，你动，什么都可能发生。我们在导师的带领下，搞了一次卖奖牌的媒体活动，我一下子拉了好几版广告，挣了梦幻般的 6 万多元提成！当即用这笔钱交首付，买了一套 172 平方米的顶层复式楼！

之后的 8 年，我都属于《经济视点报》（中间去北京混了一年半），收入都是工资 + 广告提成。我不清高。我发自骨子里认同导师"做经营

的就该是报社先富起来的那部分人"的说法。这 8 年,也是房价飞涨的 8 年。我却由于离婚,将第一套房子抛弃,紧紧巴巴又于 2007 年买了现在这套 80 平方米的小房子。再婚后,也买了第一辆车。家庭消费攀升到每月 1.5 万元的高位。

3

扣题的重点来了。

这么多年的治家,总算使我步入在省城有产、生活无虞、颇有社会价值感的媒体打工者。然而,人总是不满足的,而立之后的创业冲动,很自然地就来了,并"一下子"将我致穷。

那是 2007 年冬至时,还是导师,谋略了做新媒体的创意。好!一拍即合。考察、借 5 万元入股、注册公司。一番激越,半年多过去,却苦拉不来广告。弄了两年,赔光。疏远了主要收入的房地产广告提成,报社也苦撑到了举步维艰的地步。我收入最少时,竟只有 800 元工资!打扫战场,独守两三张刷空的信用卡,紧张无比。换行穷三年,果其然也。我无数次叫花子咬牙发穷恨曰:"现在谁要给我开 5000 元工资,立刻跳槽!"

2010 年春,凭着行业积淀和虚名,骗得一个女老板动心,经营她承包的大报房地产版,并捏着鼻子帮她出了小 30 本房地产 DM 杂志,收入依然是工资 + 广告提成。守住老行业,还是容易获得高收入。很好,迅速还清信用卡,还掉车贷。周末假日,频携媳出游,还飞去三亚过年,月支出高达 2 万。有钱，谁不会花？不愁，收入高嘛。我平均每个月收入两万多，三四万很正常，最高的一个月达 7 万！媳妇儿跟着我过得最滋润的日子，就是 2011 年、2012 年那两年了。

4

好景不长。在网络的冲击下，纸媒的生存江河日下。拖到 2012 年春，女老板总算不再装，承认了外界早已传翻了的她不再承包大报版面的消息。

此时，我已奔向 36 岁本命年。儿子刚刚出生。信用卡和私账虽还清了，大钱却无有，房子还在还按揭。媳妇儿的换大房子、换好车诉求，遥遥无期。

重点中的重点来了。创业。真正的创业来了。说"真正"，倒非之前的创业是"假的"。每一次创业都是真刀真枪。只是，这一次的重量级、影响力，空前。事后看，对我"一下子"致穷的摧毁，也空前。

当然，我喜欢说，"所有事后证明无用的努力，事先都是必须的"，每一个创业者，都是因为找到了靠谱的项目，看到了挣大钱、实现经济自由的巨大希望，才创业的，没一个是为了失败。我为这次"真正的创业"所做的努力，都是必须的，都是按照发家致富的路子，付出了全部身心和经济储备去努力的。能融资 800 多万元，专业机构领投，几十个投资人跟投的项目，肯定是值得努力的。然而——说起收入，"可惜"和"终于"外的另一个掉悬崖级的词——两年后，还是失败了。失败的

原因，是产品有硬伤，更重要的原因，是遇到了一个德不配位的 WC 级的大股东合伙人。多说伤身，罢了。

打扫战场，独守的已不是两三张刷空的信用卡，而是近十张（当然有具体张数，懒得查）！还有开头所说的几笔信用贷。信用卡和信用贷，有我的，也有媳妇儿的。都是到了"走不下去"时，增办的。还有房子的抵押贷——为创业投入，解押后再抵押贷了 40 万元。还有几笔磨不开情面的私人借款。总额高达 120 多万元！每个月养卡和还信用贷的手续费及利息，高达 5000 元！月月负增长！不只是入不敷出那么简单，还负增长！啊啊，一眼望不到头！

飘忽中，自己已过不惑，身体也不行了。上有老下有小，夫妻磕绊怎能少。沉舟侧畔千帆过，病树前头万木春。山穷水复仍无路，车到山前又赔光。我本就是零余者，悄然飘荡人世间。但我信用记录保持良好。留得青山在，总是没柴烧。百尺竿头，来一秃噜。白天爬三尺，夜里降一米。女愁哭，男愁唱，咱不可能哭，更唱不出来，只能独对灯纸和自己说说话。天明时磨搓磨搓砂纸一样的脸出门，依然不是蓬蒿人。在外人面前，咱依然人模狗样。发表了文章，依然被尊为作家。咱依然出了三本小书，开有三个公众号。无可奈何花落去，化作红泥更护花，呼儿嗨哟嗨嗨哟！

5

两次创业，两次致穷。记吃又记打。2007 ～ 2017 年，31 ～ 41 岁，最好的 10 年，就这么没了。经济自由的另一个意思是：经济从来都是自由的，我却因追求她而锒铛入狱。砸锅卖铁式的创业，确实需要悠着点儿。

治家，一辈子；致穷，一下子。这是一句多么痛的领悟。也是一句多么赤头白脸的实话。

吃透了这句话，也不意味着什么。你之前的所有行为，与今后的行为无关。不存在吃一堑长一智。再来一个堑，你的智还是那样。

但，吃透了这句话，总比不吃透强。

在这漫长的 5 年时间里——是的，5 年，2012 ~ 2016 年——我连叫花子的穷恨都没发过。也不乐观靠打工重新挣回来。有人说我心比较小，是的。但我总觉得，换谁也大不起来。最起码，现阶段大不起来。要不，换你试试？将来，我估计也很难拿这段经历吹牛。除非我忽然暴富，且不是拆迁或中彩票那样的暴富，而是又创业成功，哪儿跌倒从哪儿爬起来的那种暴富，我这点儿经历，都不可能具有普适的价值。

钱，还是要挣的。工，还是要打的。字，还是要写的。活着，总得试图改善。如此，在苦不堪言的管道中，钻到了现在。放着音乐，噼里啪啦，在键盘上敲了一上午这篇字。

几个月前，抱着姑妄一试的心态，又赫然举债 10 万元，上了一个类似当年的百货亭那样的小生意。效益出乎意料的好。实业救国，不虚也。无商不富，百颠不破也。啥也比不过脚踏实地地做点小买卖。开春后，快消品就进入旺季了。每个月赚两三万，每天都有两三千现金流，美哉。夏天时达到顶峰，每天可赚三五千，单月赚十万极乐观！我家长

达 1800 多个日日夜夜的入不敷出的苦刑，就要熬出头了！终于——终极的终于——要熬出头了！

先闷着头干一年，把坑填填。填得结结实实。双脚可以"呼腾呼腾"跳两下验证一下的那种结结实实。过远的将来，且不去想。总会越来越好。先度过黎明，切实地把曙光换成阳光，再说下一步可能或不可能的灿烂。变数很小。没什么堃呀智呀的。不用祝自己好运，做这样的小买卖，就没什么厄运。我只是治家，不是装 ×，不是做什么"侯总"，不做大做强，不上市，不需要 WC 级的合伙人。我要把"一下子致穷"到"一辈子治家"的这个过程，像做翻译一样做好。不倒叙，不插叙，不跳跃，老老实实，规规矩矩，从第一行到第二行，直到最后一行；像铺地板一样，一平方米也不错过。为了媳妇儿，为了明天就要过 5 岁生日、越来越需要一个不欠债不窝囊的父亲的儿子，认认真真地做好。

几乎，这是对我这么多年来过山车般的获取金钱走姿的一种告别。

写了这么多字，我感到一种长期压抑不吐不快的畅爽。但这种类似日记一样写给自己的文字，对别人可能没多大意思。我的小儿科的体会，绝没有名人那样励志，反倒是满满的负能量。好在，真诚，自认存世也不丢人，敢给媳妇儿和儿子看。这就够了。

2017 年 2 月 8 日

短章

▲　创业项目融资成功对我的影响：中午本来想吃 9 块钱一碗的盖浇饭，后来换成了水饺，花 22 块，还给儿子打包了 1/3。

▲　"困难时，公司是我们大家的；赚了钱，却是老板一个人的。"员工内心的某种嘲讽。

▲　"领导的本质就是：管理自己，影响别人。"反之就是：自己傻×，强迫别人。

▲　一个人被追随，不在于他本身有多强大，而在于他手握核心的资源。

▲　若你看好的鸡连蛋都不下，其下蛋的能力都令你怀疑，该咋办呢？

▲ 一将无能，累死三军。

一将瞎能，气死三军。

一将傻×，quo 死三军！

▲ 一双充满仇恨的眼睛，看不到善意的规劝和含泪的批评。

▲ 约翰·穆勒说："专制使人们变成冷嘲。"

我说：暴政使人们变得沉默。

▲ 我们不怕身边有傻×，有了也不烦——大不了不理他就是了。怕的是，这傻×不断地以其傻×言行和智识强迫你，令你烦不胜烦，而他还浑然不觉、得意扬扬！

▲ 止谤莫如自修。修养到了一定程度，自然可以逢凶化吉。反之，若无任何修养，难免招来别人的图谋与敌视，那时，命运就不堪设想了。

有些人，什么事都喜欢归结到算命上，忌讳这个，忌讳那个，什么日子都是"太巧了"，什么人都是"贵人"，喜欢把已经发生的事解释为必然会发生，却对下一个承诺如何兑现，支支吾吾；对急需完成的事，退缩再退缩；对利用过的人，卸磨杀驴；所过之处，一片骂声！

德之不存，算命有何用？

算命，恰是其内心忧惧的表现。

▲　冯仑说:"能借给你钱的人不会超过 10 个!"

我说,3～5 个就不错了——办信用卡、信用贷、高利贷的及……赌友、毒友等除外!

▲　一个打生不打熟、靠表面的吹嘘获取一时成功的人,注定会让所有人觉得当初被他骗了。

▲　言而有信做不到,最起码得言而有"信儿"。

▲　他眼里,没有团队,只有他愿意让你享受他恩惠的人和不愿让你享受他恩惠的人。

▲　我终于明白,你的生意不过是给自己的外遇圆谎。

有一天,我将弃你而去。

从弃你而去那一刻起,我将获得安宁。

你能不能因为我的离开而变得心安理得,人们会怎样评价我们,都不重要。重要的是我们都将老去。

2015 年 3 月 17 日整理

札记

▲ 被浑蛋称赞，还不如被他弄死算了！

▲ 任何时候，无理的，总是无力的一方。

▲ 你不可能让一个成心找你事儿的人满意。

▲ 不经意间，看到一段话：

"与普通的流氓和恶霸一样，暴君的毫无根据的自尊非常脆弱，很容易戳破，所以，在他们眼中，反对他们的统治，绝对不是批评，而是令人发指的罪行。同时，缺乏移情能力让他们对对手的处罚毫无节制可言，无论是真实的对手，还是他们想象的对手。"（斯蒂芬·平克）

▲ 有一种错，叫作"有人需要你犯那种错"。

▲ 在新作决策时，重温一下上次作决定的过程及对今造成的影

响，是匡正不犯重复错误的最好机会。

▲　稳＝禾＋急。有粮则稳，无粮则急。

▲　发现了一片蓝海，不等于可以创业。

发现了蓝海里鲨鱼出没的规律和躲开暗礁的独特方法，才可以试着去捕鱼。

2017 年 3 月 19 日整理